年下のエリート御曹司に拾われたら、極上一途な溺愛で赤ちゃんを授かりました

marmaladebunko

白妙スイ

marmalade bunko
マーマレード文庫

目次

年下のエリート御曹司に拾われたら、
極上一途な溺愛で赤ちゃんを授かりました

年下のエリート御曹司に拾われたら、極上一途な溺愛で赤ちゃんを授かりました

第一章　すべてをなくして

さぁさぁと細かい雨が降る。暗く曇った空から落ちる雨粒は、まるで怜《れい》の代わりに泣いているようだった。

髪も肩も、すでにぐっしょり濡れている。

それでも怜の目から涙はこぼれなかった。心が凍ったようになっていて、瞳はただぼんやりと虚空を見つめるばかりだ。

(寒いな……どうして私、こんなところにいるんだろう)

虚《うつ》ろな心で思った。理由はわかっていても、気持ちの面で理解が及ばない。

急にこんな、雨の降る公園なんてところへ身ひとつで放り出されるとは、ほんの数十分前には思いもしなかった。

(私、捨てられちゃったんだ……柊《しゅう》くんから……)

断片的に、理由が思い浮かぶ。

『柊くん』こと、彼氏のこと。

今まで暮らしていた、ちゃんと屋根がある、あたたかい家のこと。

でも柊に捨てられると同時に、そこは追い出された。

(もう帰れる場所なんて……ないのかな)

思考は巡るものの、怜はベンチに腰掛けたままになるしかなかった。具体的になにをしたらいいのかわからないし、気力も湧かない。

体はぐっしょり濡れて、あたりも夕闇が濃くなりつつある。

なのに怜は、膝の上に置いた手をただ眺めるしかなかった。冷え切ったその手にも、ぱたぱたと雨粒が落ちてくる。

怜の体に降り注ぐ雨は、濡れた髪から、雫《しずく》となって落ちていたけれど……。

不意にそれは、大きな陰に遮られた。

「こんなところで、どうかしましたか?」

怜の体を叩く雨粒も、同時に途切れる。降ってきたのは、心配そうな声。

低くも、やわらかくて、穏やかな響きを帯びた声だった。

不思議に思って、怜は、のろのろと顔を上げた。声を発した相手が目に映り、ようやく瞳に少しだけ力が戻る。

こちらに傘を差し掛け、見下ろしているのは、怜の知り合いだった。

(どうしてこのひとが……同僚の結賀《ゆいが》さんが、こんなところに?)

やや猫っ毛の黒髪と、穏やかな目元をした彼・結賀陽希《はるき》は会社の同僚で、年齢は怜の一歳下だ。部署が近いために、それなりに関わりのある存在だといえた。

「え、小杉《こすぎ》さんじゃないですか⁉」

彼も今、視線が合って、初めて怜だと気付いたようだ。焦げ茶の瞳を丸くした。

黒い大きな傘を持った陽希は、スーツ姿。どうやら帰宅途中で怜を見つけたようだ。

こんな夕暮れの公園で、傘もなしに雨に打たれている女性を見たから放っておけなかった、ということだろう。心優しい彼らしいことだ。

でもそれが知人だとは、思いもしなかったという顔をしている。

「どうしたんです、こんなところで……濡れて……寒いのに……」

動揺した声で言いながら、陽希は傘を怜の真上に差し出した。背が高い彼がそうすれば、怜の体は完全に雨から遮られる。

雨が当たらなくなったことで、凍った心が少しだけ溶けたようだった。

目元がじわじわ熱くなる。喉の奥からなにかが込み上げてきた。

目からぽろぽろこぼれ出したのは、大粒の涙。こんな事態になって以来、ようやく表に出てきた、悲しく苦しい気持ちだった。

小一時間ほど前のこと。グレーの雲がありつつも、まだオレンジ色の夕焼けが広がっていた空の下を、柃は笑顔で歩いていた。

手には食材が詰まったエコバッグを提げている。会社を早めに上がれたので、スーパーに寄って、たくさん買い物をしてきたのだ。

会社帰りだから、軽めのジャケットに膝丈スカート、黒いパンプスという姿。

今日は新しいシュシュで髪を結んでいた。かぼちゃのようなオレンジ色のシュシュは、秋らしいし、茶色のロングヘアによく似合う。

帰ってからのことを考えると、柃の顔には自然に笑みが浮かんだ。丸みを帯びて、かわいらしいとよく言われる目元が、つい緩んでしまう。

(今日は手の込んだご飯が作れるな)

料理が得意な柃は、丁寧に手をかけて作るご飯が好きだ。

ご飯は幸せの象徴だと思う。美味しいものを、誰かと一緒に食べられるのはとても幸せなこと。今日もそういう食卓になる予定であった。

(柊くん、最近少し元気がなかったから、美味しいものを食べてほしいな)

同棲している彼氏のことを考えて、柃は優しい気持ちを覚えた。

近頃、なにか思いつめている顔をすることが多かった彼を、怜も気にかけていた。

柊は数年前に、『株式会社 イズラン』という、小さな会社を興したばかりだ。きっとまだまだ悩ましいことも多いのだろうと、怜も心配していた。

だけど一般企業勤めの自分にはわからない領域だと思って、めったに口は出さなかった。あとから思えば、それがいけなかったのかもしれないけれど。


優しい気持ちを抱えて、帰り道を歩いている怜は、フルネームを小杉 怜という。

前述の通り、一般企業勤めの会社員だ。

年齢は二十六歳で、会社では営業事務課に所属している。新卒で勤め始めてから、もう四年近くになるし、新人ではない。それなりの責任も感じていて、日々の仕事にも、真面目に取り組んでいるつもりだ。

そんな普通の会社員といえる怜だったけれど、少しだけ、変わった点を持っていた。

それは、すでに両親が亡《な》いことと、その親からの負債を返済していることだ。

怜が大学一年生の頃、事故で他界してしまった両親は、密かに負債を抱えていた。

怜と、二歳上の姉・瑛《えい》がそれを知るのは、両親が亡くなったあとだった。

大切な知人の連帯保証人になっており、そのトラブルが原因だったそうだ。学生である子どもたちには負担を感じさせたくない、と黙っていたのだろう。

だが結果的に、怜たちが知らなかったことが仇《あだ》になった。相続放棄できる期間が過ぎてしまい、負の財産として、そのまま引き継ぐ形になってしまったのだから。

それでも若くして両親を喪《うしな》い、さらに負債と返済義務を知ったショックを乗り越えた現在は、姉と分担して少しずつ返済を続けている。

借金は百万の単位になるほどの金額で、まだ年若い怜たちには途方もない金額だった。でも社会人になってから、こつこつ返済してきたため、もう半分以上は返せている。あと数年頑張れば、完済できる計画だった。

数年前には恋人ができて、現在、同棲をしているのがその彼氏・島野《しまの》柊だ。

柊がいたからこそ、簡単ではない返済も頑張れているといえた。

同棲までしているのだ。もちろん結婚が視野に入っていると、怜は思っていた。

この先に描く未来のビジョンは、安定した幸せな生活でしかなかったのだ。

「ただいま！」

明るい顔のまま帰宅した怜は、玄関を開けて、中に入った。

しかし今日は、奥からひとのいる気配がする。たたきには柊が今日、履いていったはずの靴も置いてあった。

(あれ、もう帰ってたのかな。早いなぁ)

不思議に思った怜だったが、すぐもうひとつ、おかしな点に気が付いた。

柊の靴の隣に、知らない靴がある。それも女性物、赤いヒールの靴だ。

(女性……？ 柊くんは姉妹なんていないけど……)

怜は眉を寄せてしまう。胸の中にもやっと暗い雲がかかったようになった。

それでも中に入らないわけにはいかない。そろそろと廊下を歩いて、突き当たりにあるドアを開け、リビングの中を見て……固まった。

「ああ、おかえり」

いたのは確かに柊だった。どっかりソファに座っている。

硬めにセットした黒い髪に、切れ長の目元をした柊。もう見慣れたはずのその顔には今、怜が見たこともない薄暗い笑みが浮かんでいた。

しかしその表情より怜を凍りつかせたのは、柊の隣にいた女性の存在だ。

怜と同年代に見える彼女は、ソファの上で、柊にぴったりくっついていた。焦げ茶のロングヘアを綺麗に巻き、体のラインが出るようなワンピースを着ている。

怜の手からエコバッグが落ちる。頭の中は真っ白になった。

「もう『おかえり』じゃないか。今日からはこの子と暮らすから」

固まった怜に、柊がきっぱりと言った。表情は暗い笑みのままだ。

「な、……に。どういう、こと……」

声を喉から絞り出し、なんとか言った怜だが、柊は言い聞かせるように続ける。

「なにって、わからないやつだな。お前との同棲は解消だってこと」

言い渡された言葉は『決定』だった。今度こそ、怜は黙らされる。

「貧乏人のお前なんかより、この子とのほうがずっと気楽にいられるし、将来も安泰なんだよ。なんてったって社長令嬢なんだからなぁ」

酷薄な笑みで柊が言う。隣の女性も同じような表情で、柊に体を寄せた。

「もう、柊ったら。パパは関係ないでしょう?」

膨れるような言い方に、柊は嫌な笑みをさらに濃くした。

「悪い、悪い。でも借金がある彼女なんかより、金にも気持ちにも、余裕のある子がいいってことさ」

二人のやり取りに、怜の心は違う意味で凍りつく。

借金？　貧乏人？

（そんなふうに思ってたの……？）

ぐらぐらと頭の中が揺れる。今にも倒れそうなほど、ショックだった。

「やだぁ、借金なんてあるの？　信じられなーい」

柊にくっついた女性まで、笑みを怜に向けた。曲解した悪口をそのまま口にし、蔑むような表情と言葉を投げかける。

どくん、と怜の心臓が冷たく跳ねた。

柊は怜の事情を、軽くはないそれを、知らないひとに話したのだ。女性に言われたことよりも、そちらのほうが怜の胸に嫌悪感を呼び起こした。

信頼していたから、打ち明けたのに。受け入れてくれたと思っていたのに。

それでもなにも言葉にならなかった。さらに柊も、勝手な言葉を続けていく。

「このマンションは俺の名義で借りてるんだから、俺が誰と暮らそうと自由だ。お前に文句を言う資格はないな」

話は具体的なほうへ向かっているのだろうが、怜に言葉を遮る余裕などない。不意打ちでこんな状況にされては、当然といえる。

でもこのあとどうなるかは理解した。怜はとっさにリビングの中を見回す。

たった数秒でわかった。リビングに置いていた自分の持ち物は、ひとつもない。

その想像通りのことを、柊が告げた。

「お前の荷物はレンタルボックスに送っといてやったから、感謝しろよ。保管期限は一ヵ月だってさ。処分されたくなかったら、さっさと引き取れよな」

立ち尽くしていた怜の前に、柊がパサッと封筒を投げてきた。きっと鍵か、レンタルボックスとやらの契約書かなにかが入っているのだろう。

怜にできることはもう、ひとつしかなかった。震える手で、その封筒だけなんとか拾い上げ、逃げるようにその場を後にした。

自宅だったはずの家をフラフラと出て、マンション前の公園ベンチに座り込み……そこで動けなくなってしまったのだ。


傘を差し掛けられ、優しい言葉ももらって、感じた辛い気持ちは素直な涙になった。ぽろぽろこぼれてくる涙は、雨とは違って、ほのかにあたたかかった。

「こ、小杉さん、本当になにがあったんですか？」

おろおろ言われるけれど、怜の口から説明は出てこなかった。情けないことだが、まだ思考も混乱しているし、自分自身で認めたくもないと思う。

「とにかく、送っていきますよ。確かこの近くに住んでましたよね?」

陽希が優しく言ってくれた。しかしその言葉は胸に痛い。

(住むところ……帰るところなんて、もうなくなったんだ……)

涙はさらに溢れてきて、なんとか拭おうとしてもまったく止まらない。

説明できなかったけれど、この様子だ。とりあえず陽希は、普通ではない事態なのだとわかってくれたらしい。少し穏やかになった声で言った。

「なにか、ご自宅に事情でもあるんですね……?」

無理に聞き出されなかったことと、また、寄り添うように言ってもらえたことで、怜の気持ちは、数ミリ程度だが、落ち着いた。なんとか首を縦に動かす。

「そうですか。でもこれ以上、ここにいたら風邪を引いてしまいますし……。……俺の部屋で良ければ、来ますか?」

陽希は数秒、ためらったようだった。それでも誘ってくれる。

でも陽希がためらったのと同じ理由で、怜もすぐには頷けなかった。

同僚とはいえ、男性の部屋だ。なにか危険なことが起こらないとは、残念だが断言できない。

その気持ちを汲《く》んだように、陽希は無理に押すのではなく、何事か考え始めた。

「男の部屋に来るのは心配でしょうけど……。かといって、カフェなどでは乾かせませんし、……その、ホテルなどでは余計に……。でも見過ごせませんし……」

陽希の言葉や思考は真面目なもので、おまけにとても優しかった。しかもこれほど真剣に悩んでくれるなんて、と怜の心をもう数ミリ落ち着けてくれる。

こんなに考え込んでくれるんだから、疑う必要なんてなかったし、失礼だったかな、と怜が思ったときだった。

「そうだ！　俺の妹に来てもらいましょう！　女性がいれば、少し安心できるでしょう？」

陽希の声が、ぱぁっと明るくなった。いいことを思いついた、という無邪気にも聞こえる声だ。

その声と口調はまるで、雨雲を除けて差し込んできた太陽のようなあたたかさで。

怜を数秒、見とれさせてしまうほどの明るさだ。

「で、……も、悪い、です」

そのおかげか、なんとか口は動いた。やっと言葉を発することができる。

怜がしゃべれたことにか、陽希は安堵したような表情になった。

「そんなことないです！　困ったときはお互い様というでしょう？　小杉さんにはずっとお世話になってるんですから、力にならせてください」

そして怜の前に、すっと手が差し出された。大きな手をこちらへ出されて、怜はきょとんとした。その怜に向けて、陽希ははっきり、にこっと笑う。

「行きましょう」

ほかに頼る先がなかったのはある。自力で動く気力だって湧かなかった。

だけどその手を取ったのは、確かに怜の意思だった。陽希の手を握り、立ち上がる。

その怜を傘に入れてくれて、陽希は「こっちです」と歩き出した。

雨はまだやまないけれど、怜はもう濡れることなく、大きな傘の下にいた。


「……お邪魔します……」

一歩踏み込んだ玄関先で、怜はなんとか挨拶をした。中に入るとき、いや、マンションの外観を見たときから驚いたけれど、ここはだいぶ立派な部屋だ。

タワーマンションなどではない。だが現代的で洗練された印象の外観だし、十二階建てだと、乗ったエレベーターに表示があった。

そのエレベーターで七階まで上がり、内廊下を少し歩いた先の一室で、陽希が鍵を開けて怜を招き入れてくれた。

「さぁ、上がってください」

促されたけれど、その通りにしようとして、怜はハッとした。

自分はもう、全身ずぶ濡れなのだ。靴もぐしょぐしょだし、足まで濡れている。この綺麗な家を汚してしまうだろう。

「すぐタオルを持ってきますから」

しかし怜がなにか言う前に、陽希はすっと奥へ行った。自然な気遣いに怜が少々気まずくなるうちに、何枚かのタオルを持って戻ってくる。

素直に借りて、怜は髪や肩を拭う。恐縮したが、靴と足も拭かせてもらった。

やっと部屋に上がることができて、入ったのはリビング。外観と玄関から感じていた通り、広くてまだ新しい部屋だった。

壁紙はキナリ色であたたかな雰囲気。奥にはベランダに通じていそうな大きな窓があり、紺色のカーテンが引かれている。

真ん中にはガラス製のローテーブルと、これまた紺色の、二人掛けソファが置いてあった。テレビや本棚といった、普通の家電や家具も設置されている。

しかしあまり生活感はなかった。家具も使い込まれた様子がない。

(買い替えたばかりなのかな？　それか、最近引っ越してきたとか……)

陽希とは同僚であるものの、毎日顔を合わせるわけではないので、知らないうちに引っ越しをしていても不思議はない。怜はそのように思っておいた。

でもそのあと、独り暮らしにしては部屋が広そう、と感じた。

リビングに入る前、廊下にはいくつかドアがあった。洗面所やトイレのほか、個室も複数ありそうなのだ。

それにリビングの奥には、ダイニングとシステムキッチンが見える。今どき、二十代の若者なら、ワンルームや1Kの家に住んでいても普通なのに。

(なのに、こんな立派な家？)

怜はまだ少しぼうっとしていたが、内心不思議に思った。

「すぐお風呂にお湯を張りますね。少し待って……」

陽希が廊下のほうへ向かいながら言いかけたとき、不意に違う音がした。

ピンポーン、という音はきっとインターホンだ。どきっとしたけれど、陽希は最初に「妹に来てもらう」と言ったから、その子だろう。

「こんばんはぁ！　お邪魔しまーす」

怜の推測通りで、入ってきたのは女の子だった。明るい声で入ってきた彼女は、まだ若い。二十代には見えるが、学生かもしれない。

陽希と同じ、やわらかそうな黒髪は肩までの長さで、軽く巻いている。目元は穏やかで、くりっとしてかわいらしい印象。ひと目見ても、陽希とよく似ていた。

「初めまして！　結賀茉希《まき》です。お兄ちゃんがいつもお世話になってます」

茉希と名乗った彼女は、明るく、ぺこっとお辞儀をした。怜も慌てて頭を下げる。

「わ、私は小杉怜です。こちらこそ、結賀さんにはいつもお世話になって……」

ずぶ濡れの姿にだいぶ気が引けつつ、自己紹介した。でも、白い花柄のワンピースをお洒落《しゃれ》に着ている茉希は、気にした様子も見せない。

「大変でしたね。服とか持ってきたので、合うようでしたら使ってください」

少し眉を下げて、肩からかけていたバッグを開けるので、怜は違う意味で気が引けてしまった。しかしそこで陽希の声がした。

「小杉さん、お風呂、沸きましたよ」

お風呂の用意ができたらしい。だいぶ早かったけれど、きっと設備がいいのだろう。

「とにかく早く体をあたためてください。服も浴室乾燥機で乾かせるので」

そんなふうに、陽希と茉希によって、怜はバスルームに入れられてしまった。

急に他人の部屋でお風呂を借りることになるなんて、だいぶ現実味がなかったが、ここまできて辞退もできない。有難く借りることにした。

体に張り付いていた服をなんとか脱いで、バスルームに入る。シャワーのコックをひねると、あたたかなお湯がたっぷり降り注いできた。

優しい温度のそれを浴びて、良い香りのボディソープで体を洗ううちに、怜の思考は少しずつ落ち着いてきた。そのために、違う疑問が湧いてくる。

(なんで柊くん、あんなこと……私、なにか悪いことでもしちゃったのかな……)

自分を捨てて、追い出してきた柊のことを思い出す。じわっとまた涙が滲んだ。

柊とは大学を出た頃に知り合って、お互い気が合い、すぐ付き合うことになった。

二年ほど前から同棲を始めて、それも上手くいっているつもりだった。

起業した柊の仕事も安定しつつあったし、もう二十代も半ばなのだから、このまま結婚すると思っていたのに……。

ぼんやり考える。髪と体を洗い終えて、浸かったお湯は、花のような香りがした。

やがて別の問題も頭に浮かんだ。すなわち、これからのことだ。

(お姉ちゃんに相談してみようかな……。でも……)

唯一の身内である、姉が浮かんだ。だけど、ためらってしまう。

姉の瑛は、怜の二歳上。すでに結婚していて、三歳の息子がいる身だ。

家庭を持っているのだし、その家もそれほど広くないのだ。怜を住まわせるほどの場所はないだろう。一緒に負債を返済していて、お金に余裕があるわけもない。

（お姉ちゃん……同棲が決まったとき、あんなに喜んでくれたのに……）

姉の事情を思い出したことで、違う意味で心が痛んだ。

『怜もこれで幸せになれるね。私も安心だよ』

報告したとき、妊娠中だった瑛は、心から安堵した顔で笑ってくれた。なのに、自分はその気持ちに応えられなかった。結果的にはそういうことになる。

いろいろな思考が巡り、滲んだ涙はまた、ぽろっと粒になってこぼれてしまう。

それでも怜は、ぐいっと目元を拭って立ち上がった。浴槽を出る。

脱衣所に戻って、バスタオルを手に取る。ふわふわとやわらかなタオルは、手触りだけで上質だとわかった。

お風呂に入っている間、茉希が置いていってくれたらしき服も同じだった。

ゆったりとした淡いピンク色のワンピースは、やわらかい生地で着心地が良さそう。

下着もサイズがあまり関係ない、ナイト向けのものだった。

両方、新品で、しかも明らかに安いものではない。

（まだ若い妹さんが用意してくれたのに……？）

この部屋に招いてもらってから、不思議に思ってばかりだった。

けれどやはり今は甘えておくところだ。下着を着け、ワンピースを着る。頭からかぶったワンピースからは、甘い香りがふわりと漂った。


「あの、お風呂……ありがとうございました」

おずおずとリビングに戻って、怜はお礼を言う。リビングには茉希だけがいて、怜が入っていくと、ぱっとこちらに顔を向けてきた。

「お風呂どうでした？　服のサイズは……、大丈夫そうですね！」

ソファでスマホをいじっていたようだったが、それはテーブルに置いてしまう。背もたれに手をかけて、怜のほうへ乗り出してきた。妙に幼い仕草でかわいらしい。

「は、はい。とても着心地がいいです。借りてしまってすみません」

ちょっと焦ってしまいつつも、再びお礼を言った。茉希は首を振る。

「いいえ、私のストックでしたから、気にしないでください」

ストック。

新品だったのは、買っておいて、これから着ようと思っていたからのようだ。そんなものを借りてしまって、気が引けた。

でも、こんな上等な服を買い置きにしていたのだという。それに、茉希のワンピースも、かたわらに置いてあるバッグも、よく見ればブランド物のように見えた。

髪も綺麗にセットされているし、メイクも控えめながら、抜かりがない。指先にはベビーピンクのジェルネイルが施されている。

（お洒落が趣味なのかな？）

また不思議に思ってしまった。そこへふわりと美味しそうな香りが漂ってくる。

「お風呂、どうでした？」

茉希と同じことを聞きながら、こちらへやってくるのは陽希だ。

彼も私服姿になっている。薄手のセーターに、やや緩めのパンツを穿いていた。手にはトレイがあった。大きなトレイなのに軽々といった様子で持っていて、上にはほかほか湯気を立てる皿が、三つ乗っている。

中身はリゾットのようだ。上にパセリらしい、緑色のものが散らしてある。

「とても良かったです。ありが、……あっ」

お風呂についてお礼を言おうとしたところで、怜のお腹《なか》がグゥッと音を立てた。香りにつられてしまったようだ。一気に恥ずかしくなる。

「少し元気が出たでしょうか。そろそろ夜になりますし、一緒に食べませんか？」

しかし陽希はかえって安心したようだ。微笑になって、トレイをテーブルに置く。

茉希がその前へやってきた。

「お兄ちゃんのリゾット、美味しいんですよ！ぜひ食べてください」

明るく言いながらトレイからお皿を下ろし、スプーンなども並べていく。

その様子を見て、怜の頬に自然と笑みが浮かんでいた。

そして数秒後に自覚して、自分自身に驚いた。こんな酷い目に遭ってまだ数時間なのに、笑えるなんて。

支度も整い、三人での夕食が始まった。リゾットにスプーンを入れると、チーズが糸を引く。こぼさないよう、気を付けながらすくって、口に入れた。

まだ熱いリゾットは、チーズときのこ、ハムなどが入っているようだ。こっくりと味わい深い。疲れた心と体に染み入った。

「美味しい……」

怜が呟くと、陽希は「良かった！」と声を弾ませてくれた。

「お口に合って良かったです。簡単なので、よく作るんですよ」

リゾットはあたたかく、美味しいだけではなく、とても優しい味がした。食べながら、怜に違う意味で涙を呼び起こしてくる。

ここまでまともに話せなかった言葉も、戻ってきた。少しずつ、陽希と茉希に事情を説明する。

同棲していた彼氏に家を追い出されて、目下、行ける場所もない。

さらに、彼氏はほかに浮気相手がいたようで……。

そのような説明に、陽希も茉希も痛ましそうな顔をした。

「なんですか、それ！　最低すぎます！」

「まったくですよ。そんな酷い目に遭ったなんて……」

憤慨する茉希と、顔を歪めてしみじみと言う陽希。

二人の反応に、怜の涙はもっとこぼれてしまった。でもこれは痛みからの涙ではない。二人の優しさと共感をもらった、安心の涙だ。

「本当に、俺が小杉さんに気付けて良かったです」

陽希が噛みしめるように言い、茉希もこくこくと頷いた。

「大丈夫ですよ。私もお兄ちゃんも、怜さんを放っておきませんから」

味方になってくれるという言葉は、今の怜には嬉しく、また心強く感じられた。

やはり甘えてしまう形だけど、今は素直に受け取ろう、と思う。

「……ありがとうございます。本当に、嬉しいです」

だから素直に口に出した。わずかだけど、笑みも浮かべられた。

怜の反応に、陽希と茉希の二人も頬を緩める。

「ええ！　それなら今はしっかり食べないといけませんね。お兄ちゃん、おかわり！」

ふざけるように茉希が、空になった皿を差し出す。陽希は苦笑した。

「まったくお前ときたら。わかったよ。小杉さんは？」

茉希の皿を受け取り、次に怜を見た。けれどすでに逆の手が差し出されている。

よって、怜はやはり、素直に甘えるしかなくなった。

「え、えっと……い、いただきます……」

ためらいながらも差し出したお皿には、再びあたたかなリゾットが盛られた。

弾む会話と優しい空気の食卓は、怜の心もお腹も満たしてくれた。

夕食が済んだあとは、作ってもらったお礼にお皿を洗う。陽希には「いいですよ」と言われたけれど、甘えるばかりではいけない。怜は丁寧に洗い物をした。

そのあとは会社やそれぞれの話をして過ごして、やがて夜も更けてきた。

「私も今夜はここに泊まろうかな」

茉希が時計を見上げて言うので、怜は驚いた。自分を気遣ってくれたのだろう。

他人である男性の部屋に一人で泊まる。普通の女性なら不安になるものだ。

でも自分の事情に付き合わせるのは申し訳ない。茉希にも都合があるだろう。

「だ、大丈夫です。私なら……」

よって怜は言いかけたが、茉希ときたらやはり怜に気を使わせてくれないのだ。

「気にしないでください！　私がそうしたいだけですから。お兄ちゃん、いいよね？」

そう言って陽希のほうを見る。陽希もどうやら、ほっとしたようだった。

「ああ。そうしてもらえると助かるかな」

心配になるのは怜ばかりではない。泊める側の陽希もそうだろう。

話はまとまりそうになったが、急にスマホの着信音が鳴り出した。三人とも、あたりを見回す。音は茉希がテーブルに置いていたスマホから流れていた。

「ごめん、電話だ！　ちょっと失礼します」

茉希は急いで手を伸ばしてスマホを掴み、画面をちらっと見てからタップした。

「はい！　パパ？　今、お兄ちゃんのとこ……」

応答しながら立ち上がり、廊下へ向かう。

どうやら電話は父親かららしい。怜はちょっとそわそわしてしまった。

もう二十一時を過ぎているから、早く帰るように連絡されたのかもしれない。

茉希はさっき大学生だと聞いていたし、そんな子を遅くまで付き合わせるのは、やはり悪かったな、と思ってしまう。

電話は数分で終わった。茉希が廊下から帰ってくる。

「すみません、パパが『今日は帰ってきなさい』って……」

すまなさそうに言われたけれど、むしろ帰って当然といえる状況だ。なのに茉希ときたら、まだためらっている様子を見せる。

「私なら大丈夫です」

だから怜は笑ってみせた。本当に陽希を疑う気持ちはない。

「陽希さんにお世話になるだけでも有難いのに、茉希さんまでこれ以上、お付き合いさせるのは申し訳ないです。ご用事やご都合もあると思いますし……」

今までのように『結賀さん』だと混ざるので、陽希のことも名前で呼ばせてもらうことにしていた。急に名前になって、ちょっとドキドキしつつも、はっきり言う。

「そんなことはないですけど……、でも確かに明日、学校が朝からなんです。だからやっぱり、帰らせてもらおうかなと思います」

茉希も、少し困ったような顔だったけれど、微笑む。

荷物をまとめ、玄関へ向かった。家から迎えが来るのだという。

「茉希さん、本当にありがとうございました。またお礼をさせてください」

かわいいブーツを履く茉希に、丁寧に頭を下げた。茉希はやはり、さらりと笑う。

「気にしないでくださいよ。楽しかったです」

「本当にありがとな」

陽希も茉希にお礼を言っていた。こちらへはちょっとふざけた返事があった。

「じゃ、今度パフェでも奢ってもらおっかな！」

「ちゃっかりしてるなぁ。わかったよ」

甘えるように言った茉希に、陽希もくすくす笑いながら、了承する。明るくなった空気に、怜も笑った。

「おやすみなさい。お兄ちゃん、ヘンなことしたら私が許さないからね！」

しかし玄関を閉める前に悪戯《いたずら》っぽく言われたので、怜はどきっとしてしまう。茶化されただけだというのに、妙に意識してしまいそうになった。

「こら、茉希！」

陽希も軽く叱るように言ったけれど、茉希は意に介さずといった笑顔だ。

「冗談だって！　おやすみ～！」

明るい顔のまま、帰っていった。その場には、少し気まずい空気が残る。

「まったく……すみません、怜さん。あいつがふざけて」

苦笑いで、なぜか陽希が謝る。『陽希さん』という呼び方と同じ形の、名前での呼ばれ方にドキドキしながら、怜も微妙な笑みになってしまった。

「でも本当に変なことはないですから。部屋に鍵もついてますし、ゆっくり休んでください」

今度は優しい笑みで言われた。怜を安心させるような表情と声だ。

「はい、お言葉に甘えます」

いろいろ片付いたら、しっかりお礼をしないとな、と思う。『片付いたら』がどういう形になるのかわからないものの、とにかく、今は体を休めることだ。

実際、どこか頭がぼうっとする。急展開に押し流されるようだったが、心も体もだいぶ疲れているはずだ。早く眠ったほうがいい。

そのあと部屋に案内された。一番玄関に近い小部屋で、シングルベッドと小さい棚くらいしか物はない。

リビング以上に生活感がないな、と思った怜だったけれど、陽希が「茉希や友達が泊まりに来たとき、使ってる部屋なんです」と説明した。

確かにあの様子だと、茉希はよくこの家に来ているようだ。お客様用の部屋があっても普通か、と怜は納得した。

「では、おやすみなさい。なにかあったら、奥の部屋のドアを叩いてください」

まだ二十二時前だが、休むことにする。陽希は部屋の入り口で、そう説明した。

怜が消耗しているのはよくわかっているだろう。本当に気が回るひとだ。

「今日はなにからなにまで、ありがとうございました。……おやすみなさい」

せめてものお礼の気持ちを、と思って、深々と頭を下げて、挨拶した。

陽希が去ったあと、ドアを閉め、鍵も一応かけた。ベッドに近付く。

白い布団とシーツのベッドは、実にシンプルだった。お客様用らしい見た目だ。

中に潜り込めばふかふかで、干したばかりなのか、清潔な匂いがした。

横になると、じんわりと強い疲労が襲ってくる。頭がぼんやりするのも手伝って、すぐにでも眠りに落ちそうな感覚を覚えた。

(私……なんでこんなところにいるんだろ……。なんで、陽希さんや茉希さんに助けていただいてるんだろ……)

ぼうっとした意識で思ったけれど、疲労は素直に怜を眠りの世界へ連れていく。目を閉じれば、ほんの数秒で、怜の意識は眠りへと沈んでいった。


「三十八度二分ありますね……」

体温計を手にした陽希は表示を見て、難しい顔をした。怜は火照るような熱さを覚えながら、申し訳なくなってしまう。

翌朝、目覚めたときに自覚した。雨に打たれて冷えたからか、ショックが強すぎたからか、熱を出してしまったようだ。

なんとか部屋を出て、陽希に話したところ、慌てて体温計を用意してくれたという次第だ。

「今日は休んだほうがいいです。連絡、できますか?」

気遣われて、怜は焦った。まさか、陽希に連絡までさせるわけにはいかない。

「は、はい……こほっ……」

急いで言いかけたが、途中で詰まった。口元に手を当て、咳き込んでしまう。

さらに心配そうになった陽希が、そっと肩に触れて怜の体を支えてくれた。

「だいぶ冷えましたし、風邪でしょうね。風邪薬がありますから、飲んでください」

肩に触れた手のあたたかさに助けられたように、なんとか咳も治まる。

怜は素直に頷いた。こんな体調で出勤できないし、どこかへ出ていくのも無謀だ。

「すみません、陽希さん」

数十分後、スーツに着替えて出勤しようとする陽希を見送りながら、怜は謝った。

この家にいていいと言われただけではなく、薬も用意してもらった。

もう甘えるどころではない。迷惑だと言われても仕方がないのに。

「困ったときは……と言ったでしょう？　今は休めと、体が言っているんです。ゆっくり眠ってください」

なのに陽希は優しく微笑み、「いってきます」と出ていってしまった。見送り、鍵をかけてから、怜は借りた部屋へと戻る。

食欲はなかったし、薬をもらったので、あとは眠るだけだ。会社に「風邪を引いてしまったので」とだけ電話をし、再びベッドに潜り込んだ。

一夜寝ただけでは、疲れが取れていなかったらしい。怜は再び、ぐっすり眠ってしまった。

「怜、おかえり。アップルパイを焼いたのよ。もうすぐ焼き上がるから、手を洗っていらっしゃい」

怜はいつの間にか、古い玄関に立っていた。優しい声が、奥から聞こえてくる。

ああ、これはお母さん。私が高校生の頃だ。毎日こうして迎えてくれた……。

深い眠りの中で、現在の怜はぼんやりと思った。これが夢であるのは、なんとなく理解していた。それでも優しいこの声は、怜の胸を熱くする。

やがて奥から母が出てきた。エプロンで手を拭きながら、にこにこと優しい笑みを浮かべている。別れた……亡くしたときより少し若い姿だ。

このあと、たった数年で喪ってしまうなんて、この頃は想像もしなかった。

「ただいま！　美味しそうな匂いだね」

夢の中の怜は、中へ上がりながら、明るい声で答えていた。

あの頃はごく普通だと感じていた、何気ない会話。今となっては、とても大切で、貴重なものだったと思わされる。

「新しいりんごが手に入ったの。採れたてですってよ」

笑顔の母が、自慢げに話す。夢の中も秋なのね、と怜はなんとなく納得した。

そこでピンポーン、とチャイムが鳴った。古い家なので高く跳ねるような音だ。

「あら！　お姉ちゃんね。今日は早いわ」

母はすぐに誰が来たかを言い当てた。チャイムの押し方でわかるのよ、と以前言っていた。家にいて家族を迎えることが多いからだろう。

「おかえりなさい」

母が今度は姉に向かって声をかけた……はずだった。しかし姉の姿を見ることはなかった。急にぼんやりと、目の前が薄くなっていく。

あれ、お姉ちゃんが帰ってくるのに……なんだか見えなくなってしまいそう……。

ぼやけた視界の中で、夢の中の怜は不思議に思う。ちょっと不安な気持ちが浮かんだとき、とんとん、とんとん、とまた違う音が耳に届いた。


とんとん。とんとん。

これは耳から実際に聞こえている音。夢の中の音じゃない……。

ゆっくりと悟って、怜は目を開けた。もうわかっていた。夢を見ていたのだ。

とんとん。とんとん。

再びドアがノックされる。その音に促されて、怜の意識は現実に戻ってきた。

「……はい」

返事をしたが、かすれた酷い声になった。喉もカサつく感覚がする。

お水が欲しいな、と思いながら怜はそっと、上半身を起こした。そこで、つぅっと頬に冷たい感触を覚える。頬を伝ったそれは、ぽたっと布団の上に落ちた。

布団にじわりと広がった染みを見下ろして、涙が出ていたのをやっと自覚した。

確かに目元が少し腫れぼったく感じる。夢を見ながら泣いたようだ。

しかし構っている場合ではない。目元をそっと拭った。

ふらつかないよう気を付けながら、立ち上がる。床に下りて、ドアへ向かった。

「……ああ、すみません。起こしてしまいましたか？」

ガチャ、とドアを開けると、陽希が立っていた。申し訳なさそうに聞いてくる。廊下には明かりがついていた。どうやら眠っている間に夕方になっていたようだ。

「いえ、……おかえり、なさい」

部屋では朝からカーテンを開けていなかったから、気が付かなかった。

やっと時間を悟って、仕事から帰ってきた陽希におかえりを言う。

「大丈夫ですか？　目が腫れてます……」

怜の様子を見てだろう、陽希が痛ましそうに言った。ひとから見てわかるということは、眠っている間に、だいぶ泣いたらしい。

（おかしいな、夢の中は幸せだったのに……）

不思議に思ったけれど、それを口に出すのはやめておいた。怜はなんとか笑顔を浮かべてみせる。

「ちょっと夢を見ただけです。大丈夫……」

安心してほしくて浮かべた笑みだと、陽希もわかってくれたようだ。痛ましそうな顔は完全になくならなかったけれど、向こうも笑みになる。

「熱があるときって、変わった夢を見ることがありますよね」

陽希は追及してこなかった。共感するように言ってくれる。

本当に優しいひとだ、と怜の胸に染み入った。

「怜さん、プリンとゼリー、どっちが好きですか？」

不意に陽希がまったく違うことを言った。怜は小首をかしげてしまう。

その怜に、陽希はにこっと笑う。手に持ったビニール袋を掲げて見せてきた。

「どっちがお好きかわからなかったので、両方買いました。一緒に食べましょう」

熱のせいか、眠っている間に、だいぶ汗をかいたようだ。陽希が「俺のですみませんけど」と貸してくれたボディシートで体を拭く。まだシャワーを浴びるのは辛いと思ったので、ありがたかった。

顔だけはちゃんと水で洗う。使うように勧められた洗顔料や化粧水は、女性向けのものだった。使いかけで、これもまた茉希のものだろうな、と察した怜だった。

なぜなら、どれも高級ブランドのものだったからだ。あのお洒落な茉希なら、きっとこだわっているのだろう。

なにからなにまでお借りして申し訳ない、と思ったものの、洗わないほうが困るので、素直に借りた。そのように一応、身なりを整えてから、リビングに向かう。

ドアを開けると、ふわっとあたたかな香りが漂ってきた。お米が炊ける、優しい香りだ。どうやら陽希が夕食を作っているらしい。

「ありがとうございます、陽希さん。なにかお手伝い……」

奥へ向かいながら言いかけたけれど、もちろん制されてしまった。

「いけませんよ。まだ熱も下がっていないんでしょう。ソファにいてください」

確かに先ほど測った熱は、平熱よりまだだいぶ高かった。この状態では、かえって足手まといになってしまう。

よってお言葉に甘えて待っていたのだが、十分ほどで陽希が戻ってきた。

「お待たせしました」

明るい顔の陽希は、昨夜と同じトレイをテーブルに置く。

上に乗っていたのは、料理が入ったいくつかの皿だった。

そのうちのひとつは……。

「……お粥？」

深皿に入った、白粥だ。上には赤い梅干しが乗せられている。

「ええ。弱ったときに効くので、ぜひ食べてください。茉希が梅干し好きなので、常備してるんですよ」

得意げな様子に、なんとなく怜も笑ってしまった。この優しい言い方と、あたたかいお粥から、連想されるものがあったのだ。

「なんだか、私にもお兄ちゃんができたみたいです」

怜が微笑で言ったことに、陽希はハッとしたような顔になった。

「あっ！　妹扱いしちゃったみたいで、すみません。俺のほうが年下なのに……」

慌てたように言うので、怜はもっとおかしくなる。

「一歳だけじゃないですか。それに嬉しかったです」

今度は作った笑顔ではなかった。自然な笑みが、ふわりと顔に表れる。

「……それは良かったです」

怜の笑顔に安堵したように、陽希も笑みに戻った。それで二人の夕食が始まった。

お粥のお米はやわらかくて、ほんのり甘い。そこへ梅干しの酸っぱさが心地良く混ざり合う。

「とても美味しいです。梅干しがほどよく酸っぱくて」

ひとくち食べて褒めた怜に、陽希は喜んでくれたらしい。笑みがもっと明るくなる。

「ありがとうございます。茉希が気に入っているお店の梅干しなんです」

少し大きな食料品店でしか売っていないそうだ。ほかにはちみつ漬けの甘いタイプもある、などといった何気ない会話と共に、食事は進む。

陽希のほうは、普通の夕食を摂っていた。豚肉のソテーに、野菜の炒め物、コンソメスープ、白ご飯……というメニューだ。

シンプルで、よくある家庭料理だが、どう見ても自分で作ったものだ。ぱぱっと作ってしまうなんてすごい、と怜は目にして感心してしまった。

食べ始める前は、あまり食欲がないな、と思っていたのに、その場のあたたかな空気も手伝って、気が付けば深皿はカラになっていた。

「……なるほど。だいぶ深刻な状況ですね」

怜の話をひと通り聞き、陽希は眉を寄せて口に出した。

夕食後、陽希の買ってきてくれた甘いものをお供にしながら、怜は事情を昨日よりもう少し詳しく説明した。

彼氏に家を放り出されて、もう帰れそうにない。

家にあった私物は、レンタルボックスに送られて、鍵だけよこされた。

両親はもう亡くて、頼れる身内は姉だけ。

しかしその姉は結婚していて子どももいる。家も狭いから、きっと自分が転がり込むことはできない……。

まだ端的ではあったが、このような内容だ。口に出したことで、怜からも状況を客観的に捉えられたといえる。やはり陽希の言う通り、深刻な事態だ。

「でも、ここにずっとお邪魔しているのもご迷惑ですし、一時的にでも姉のところへ行ってみようかと……」

カップの中、半分ほどになったプリンに視線を落としながら、怜は言った。プリンは甘くて美味しいのに、どこか歯に染みるように感じてしまう。

「いけませんよ」

だが、その言葉は否定された。

（どうして駄目なんて……？）

戸惑いながら怜が顔を上げると、陽希はこちらを見ていた。硬い顔をしている。

「怜さんはまだ熱も下がっていないんです。確定している行き場所がないのに、外になんて行かせられません」

今度はもっとはっきり言われた。決意が込められた言葉だ。

怜は息を呑んでしまう。確かに陽希の言う通りだ。

まだ熱があるのに外へ出るのは危険である。途中で倒れてしまうかもしれない。

それに姉の家に着いても、そこに置いてもらえるのか確証はないのだ。

思い知って、怜は黙るしかなくなる。プリンを食べる手も止まってしまった。

「ひとまず、熱が下がってから考えましょうよ。体調が悪いときに、いい案なんて浮かびません」

その怜に、陽希が優しく声をかけた。怜の胸が、きゅっと痛む。

ただの同僚でしかない自分に、ここまで良くしてくれる。

優しすぎるでしょう、と、胸に嬉しさと痛みが両方湧いた。

「今はきちんと食べて、栄養を摂って、休むことです。明日から土日なんですし、気にせず体を休めるのが一番の近道ですよ」

言い聞かせるように、言ってくれる陽希。もう硬い顔はしていなかった。穏やかで、怜を思いやってくれる、やわらかな表情だ。

「……はい。そう、ですよね」

怜は頷き、努力して、顔も笑みの形にした。陽希が言うように、とにかく体を治すのを優先させたほうがいい。

「ええ。プリン、どうですか？　隣にかぼちゃプリンもあったので、そっちも美味しそうだなと思ったんですけど……」

怜が自分でも方針を決めたのを悟ったようで、陽希は話題を変えた。今日、買ってきてくれたプリンの話なんて、何気ないものになる。

まるで、普段会社の一角で話しているような内容だ、と、怜は少しだけ日常を感じられて、安堵した。

「秋の味覚ですね。でもこの普通のプリンも美味しいですよ」

「そうですよね！　そうだ、会社の裏あたりにあるケーキ屋さん、知ってます？　プリンが隠れ名物らしいんですよ」

話はさらに日常のものになった。会社の近所の話だ。

深刻な空気はいつの間にか薄まっていた。なくなりはしなくても、不安な気持ちが表に出てこないくらいには、落ち着いた空気に取って代わっていた。

週末はゆっくり過ぎていった。

怜の熱はなかなか下がらず、ほとんど寝込んだ状態になってしまう。

申し訳ないと思う気持ちはひとまず横に置いておいて、怜は眠った。

体の疲れや熱を癒やすだけの眠りではなかったかもしれない。

柊に裏切られたこと、彼から捨てられ、住む場所すらもなくしたこと……。

そんな心の傷を癒やすためもあっただろう。

もう夢は見なかった。ただ、静かな時間だけがあった。

（……良かった。だいぶ食べられる量も増えてきてる）

食後の洗い物をしながら、陽希は先ほどの朝食の時間を穏やかに思い出していた。

日曜日の朝なので、少し遅めの時間に起きた。それで怜の様子を見たのだが、もうだいぶ熱も引いたと言っていた。体温を聞いて、陽希も安堵したものだ。

金曜日は小盛にしたお粥を一杯しか食べられなかったのに、今朝は普通の量のお粥のほか、味噌汁も食べてくれた。陽希としては、内心とても嬉しくなった。

（お昼は普通のご飯で大丈夫か聞いてみよう。やわらかめに炊こうか）

すでに次の食事のことを考えながら片付けを終え、ついでにコーヒーを淹れた。そのマグカップを手にキッチンから出て、少し眉を寄せてしまう。

リビングの隅には段ボールがあった。何箱か積まれている。

これは昨日、陽希がレンタルボックスから回収してきた、怜の私物だ。教えられた通りの場所へ取りに行ったところ、ボックスには確かに段ボールが入っていた。

一応、本当に私物かの確認だけ、ちらっとさせてもらったが、中を見て胸が痛んだ。

怜の持ち物なのは間違いなさそうだった。女性の服や日用品が入っている。

だが入れ方が問題だった。きっちり詰めるなんて、もってのほかで、適当に放り込んだのが明らかなほど、雑然としていた。

(付き合っていた女性の荷物を、こんなふうに扱うなんて)

内心、憤慨した陽希だったが、詰め直すわけにもいかない。心は痛んだが、そのまま車に積み、持ち帰った。手元にあれば、怜もひとまず安心するだろう。

今、その荷物を見て眉を寄せてしまったのは、これからのことを連想したからだ。

怜をここに置くのは問題ない。

それどころか、行く場所もない同僚を放り出すなんて冷たいことはしたくない。せめて定まった行き場所ができるまで、いてもらわなければ安心できなかった。

だけど怜のほうがそれでは良くないだろう。気が引ける思いもあるだろうし、そもそも、知り合いとはいえ、異性の部屋だ。そういう意味でも気にしてしまうはず。

それならば……。

(俺が一時的に実家に帰ろうか。そうすれば、怜さんも気兼ねなく過ごせるし)

陽希はいろいろと考え始めた。ソファに座り、手にしたマグカップからひとくち、コーヒーを飲む。いつも通りに淹れたはずなのに、妙に苦く感じた。

(ここは仮住まいの部屋だけど、生活設備はある。日常生活には困らないよな)

軽く室内に視線をやる。ガラスのローテーブル、今日は晴れているので開けてある紺色のカーテン。テレビや棚……。

眺めるうちに、思考はゆっくりと進んでいった。

確かにこの家は陽希の住まい。ここ十日ほどの間、暮らしていた。

だが、その前に住んでいたのは実家だ。

会社で取り組んでいるプロジェクトが佳境だったので、集中するために、仮住まいのこのマンションで過ごしていたという形なのだ。

そのために、雨の中で見つけた怜をかくまうことができたので、結果的には良かったのだろう。それならせっかくだから……。

(しばらくここにいてもらおう。家賃を気にされるかもしれないけれど、そこはあとで話し合うことにして……)

陽希の心は決まった。夕方にでも話をしてみることにする。この優しさは、お人好しといえるレベルだったかもしれないが、ちゃんと理由がある。

(怜さん……入社したばかりの頃からずっと、俺を助けてくれた)

陽希の頭の中に、会社での怜が思い浮かんだ。

会社で会うときの怜は、いつも笑顔だった。

別部署のフロアで仕事をする怜の様子は、真剣だった。

そして、単に顔見知りであるだけではない。陽希には、怜に関する特別な想い出があった。怜の優しさと厚意に助けられた、ある大きな出来事だ。

そのときの気持ちを思い出す。ずず、とコーヒーをすすった。苦味が決意を強めてくれるように感じられた。

(今度は俺が怜さんを助けたい。俺が力になれるなら……)

怜の笑顔を思い出したからか、違うことも思い浮かんだ。じわりと胸が痛む。

(金曜日に帰ってきたとき、泣いてた……)

まだ熱が一番高かった頃だ。赤い頬と、腫らした目元は、痛々しかった。

怜が自分で言った通り、熱のために悪夢を見たのかもしれない。だが、それだけではないだろう。

(ご両親がもういないって言ってた。今回のことだけじゃない。いっぱい辛い思いをしたよな、きっと)

まだ二十代なのだ。親を喪うなど、自分は考えたこともない、と陽希は思った。

でも怜はそんな痛みを味わったうえに、それから姉と二人きりで、生きてきたということになる。なんて強い女性なのか、と陽希の胸を痛くも、熱く打った。

そんな、強くて優しい怜だから。

(また笑顔になってほしいよ。泣きはらした顔や、無理をした笑みじゃない。心から

笑ってほしい)

この思いが一番強いのだと陽希は自覚する。怜と自分の今後のことはまだ決定していないのに、あの頃、怜と交わしていたような笑みが自然と浮かんでいた。

日曜日の夕方。夕焼けが差し込む部屋の中で、姿見を見ながら、怜はジャケットの襟元を整えていた。ここに来たとき、着ていた服だ。

ブラウスに膝丈スカート、上にジャケット。どれも綺麗にしてもらった。ジャケットとスカートは、クリーニングにまで出してもらったくらいだ。

(よし、これでいいかな)

三日ぶりに、部屋着ではない格好になった。メイクもちゃんとした。髪も整えた。

たとえ見た目だけだとしても、普段の自分だ。

(だいぶ長いことお世話になっちゃった。すごく助かったな)

心はすっかり落ち着いた。静かに思う。

すべて整った、と思う。体調も、支度も、心も。

バッグにまとめていた、身の回りのものを持つ。怜はそっとドアを開け、リビングへ向かった。

コンコン、と軽くノックをしてからリビングのドアを開ける。ソファにいた陽希が顔を明るくして、こちらを見てきた。

「ああ、怜さん。ちょうど良かったです。話が……」

その表情で言いかけたけれど、言葉は途切れた。怜の格好を見たからだろう。

「陽希さん、大変お世話になりました。明日は会社に行けそうです」

バッグを両手に持ち、お辞儀をする。ここまでの感謝を表すような深々とした礼だ。

陽希の戸惑った空気が伝わってきた。理由はわかるし、優しい彼ならどう言ってくれるかもなんとなく想像できるものの、これ以上甘えてはいけないのだ。

「え、はい……それはいいですけど……」

その通りの声音で陽希は曖昧《あいまい》に言った。怜は顔を上げて、陽希を正面から見る。

「おかげさまで、体調も戻りました。そろそろおいとましようと思います」

きっぱり言った。陽希は今度、息を呑んだ表情になる。

怜の気持ちも、決意が固まっているのも、伝わったはずだ。

「本当にお世話になりました。荷物は申し訳ないのですが、新しい家が決まるまでお願いしても……」

再度のお礼のあと、今後のことを言いかけたが、それは陽希によって遮られる。

「い、いやいや、待ってください。おいとまって、どこへ行くつもりなんですか」

焦った様子で言われるが、想像の範囲内だ。怜は考えていたことを言った。

「ひとまず姉の家へ行きます。一晩泊めてもらって、明日以降はホテルにでも……」

一応、今夜の居場所はある。姉に連絡して、一晩泊めてもらうことの了承をもらった。

電話で事情は説明したものの、姉だって心配する。直接話したほうがいい。

無茶ではない計画のつもりだったけれど、陽希にとっては違ったようだ。怜の説明に、眉を寄せている。

「今夜のことはわかりましたけど……ホテルに何泊もするんですか？　それに、もし新しい家が決まっても、当日からは住めないでしょう？」

そう言われてしまえば、怜は黙るしかなくなる。

何泊かできるお金はある。だけど貯金を崩す形になるし、その後の生活に支障が出るのは目に見えていた。

「家だって敷金や礼金がかかります。初期費用も安くはないです」

陽希の言葉は正論だった。さらに、現実的だった。

怜にとっては、こうするしかないのだが、どうあっても現実は変わらない。

「ここにいることで、俺に気が引けるのはわかります。ですが俺だって、ここまできたら、もうなんの関係もないとは言えないんです」

不意に、陽希の声音が変わった。反論を失っていた怜は、ちょっと驚いて顔を上げる。陽希と視線が合った。

陽希の視線はまっすぐだった。彼もなにかしらの決意を固めている、という瞳をしている。強くも、どこか優しい色だ、と怜には感じられた。

「ちゃんとした居場所ができるまで、ここにいてください。怜さんの居場所だけでも守ってあげたいんです」

その瞳ではっきり言われて、怜の目は丸くなった。同時に、胸がきゅっと痛くなる。こんなふうに言ってくれたひとは、今までそうそういない。

(このひとは損とか得とかじゃない。……心から私を心配して、助けたいと思ってくれてるんだ)

怜は陽希のまっすぐな視線から実感する。痛んだ胸はすぐに、かっと熱くなった。答えなんてひとつだった。もう、甘えるだけの気持ちではない。

陽希が気遣ってくれる気持ちを裏切らないように、ちゃんと立て直すのだ。

一人の大人として立っていられるように、今は力を借りるときだった。


「……え!?　駄目です、そんなこと！」

しかし、たった数分後。怜は目を真ん丸にして反論することになった。

「え、だっていつまでも一緒に暮らすのは、困るでしょう？　それなら、俺が実家に帰れば……」

怜の反論に、陽希も目を丸くした。おろおろし出す。

あの話のあと、陽希ときたら、しれっと「この家は怜さんが使ってください」なんて言ったのだ。怜としてはそんなこと、微塵も考えていなかったので驚いてしまう。

「陽希さんを追い出す形になんて、できません！」

このままここに居続けるのは決めたものの、そんなつもりではなかったのだ。

「家主さんを出ていかせるなんて、申し訳なさすぎます。それならやっぱり……」

きっぱり言い、考え直そうと思ったが、陽希は慌てた様子になった。

「い、いやいや、すみません！　出ていかないでください！」

手を前に出し、おろおろと制止してくる。その場は沈黙になった。

怜はやっと思い知った。

ここに居続けるということは、陽希と一緒に住むということになるのだ。

それは言葉にするなら『同棲』になるわけで……。

（もしかして私……だいぶ大胆だったのでは!?）

今さら顔が熱くなってきた。陽希はそんな気ではなかったのに、自分だけ同棲に乗り気だったようではないか。恥ずかしすぎる事実だ。

「……わかりました。それなら俺も心を決めます」

沈黙を破ったのは、陽希だった。ごく、とひとつ喉を鳴らしてから、きっぱり言う。

「これからしばらく、よろしくお願いします。怜さん」

どうやら陽希のほうが、この状況を正しく把握していたらしい。遅ればせながら、やっと状況を思い知らされた怜だった。

第二章　二人暮らし

　ふつふつと煮え立ってきた鍋から、怜は少しずつアクをすくう。水を入れたボウルに除けていった。

　鍋の中身は炒めた玉ねぎと豚肉、ぶつ切りのにんじんにじゃがいも、しらたき。湯気と共に、肉の香ばしい匂いと、根菜が煮える優しい匂いが混ざり合って立ちのぼる。そろそろ冷え込む夜には、ぴったりのメニューだ。

（肉じゃがはあと煮込むだけだから、その間にサラダを作ろう。お漬物も先に切っておいたら、すぐに出せるよね）

　料理をしながら、この先の手順について考える。

（肉じゃがができたら、洗濯物をたたんで……ああ、お風呂も準備しないと……）

　まだ慣れない設備でする家事は少しぎこちなくて、怜はキッチンやリビングを、何度も行ったり来たりすることになる。

　陽希の家に、腰を据えて住むことにして、約一週間。怜は着実に馴染んでいった。

　さすがにただで住まわせてもらうのは申し訳ないので、家事を請け負うことにした。

陽希は「分担くらいでいいんですけど……」と言ったが、怜が押し切った形だ。

今日、陽希は少し遅くなると言っていた。なので定時で上がった怜が、その間にあれこれ家事を片付けている。

もう家電の扱いなども完璧で、家事をするのに支障はない。

今日だって、陽希が帰る頃にはご飯もお風呂も、支度ができている予定だ。あとは一連の家事を、スムーズに、効率よくできたらいいなと思っている。

ただ、怜はたまに不思議に思うことがあった。

初めてこの部屋を訪ねたときからすでに感じたことだが、この家はあまり物が多くない。使い込まれている様子もない。ちゃんと陽希が住んでいるのに。

でも、怜を引き留めたあのとき、陽希は実家に帰る提案をしたのだ。

(それなら、実家によく帰っているのかもしれないし、そのためだろうな)

怜は毎回、そう推察するのだった。


「ただいま」

三十分ほどあとに、陽希が帰ってきた。タイミング良く家事が一区切りしたところの怜は、迎えに出る。足取りは軽くなった。

「おかえりなさい！」

たたきで靴を脱いでいた陽希は、出てきた怜を見て、ちょっと照れ臭そうに笑った。

「誰かに出迎えてもらえるのって、いいですね」

そんな顔でそんなことを言われれば、怜もはにかんでしまった。

だって、これではまるで……結婚したようだ。

「そ、そうですね。私も実家にいた頃は、帰宅するとお母さんが迎えてくれて……」

出てきたのは実家の話だった。柊との同棲は、終わったことだから、もう考えるのはやめた。考えても自分が傷つくだけだ。

「お母さん……。怜さんのお母さんってどんな方だったか、良かったらまた聞きたいです」

家に上がった陽希は穏やかに言った。もう亡い両親の話は、別にタブーではないと少し前に怜から言っておいた。

亡くして八年ほど経つのだし、すっかり受け入れている。だから、腫れ物に触るようにされるより、あたたかな想い出として扱ってもらえたほうが、かえって嬉しい。

「はい！　今度、ぜひ聞いてください」

怜がにこっと笑うと、その笑顔に、陽希も顔を緩めた。笑みが交わされる。

(そういえば、ここに来た翌日、お母さんの夢を見たな)

陽希と夕食にするため、キッチンへ戻りながら、怜はふと、思い出した。

熱にうかされていた日、実家の玄関で、母が迎えてくれる夢を見た。起きたら涙がこぼれていた、あのときだ。

きっととても不安だったからだろう。すべてをなくしたあとで、これからどうしたらいいかもわからなくて、心は非常に不安定だったはずだ。

母が夢に出てきたのは、心配してくれたからかもしれない。

(……大丈夫。今はちゃんと、居る場所があるよ。支えてくれるひともいる)

噛みしめると同時に、自分の中にいる、想い出の母に伝えるように思った。

もう心配ない。新しく人生を立て直せるそのときまでは、陽希に支えてもらおうと決意したのだから。

二人の日々は順調だった。

最初に借りた部屋を、そのまま使わせてもらうことになった。陽希が取ってきてくれた私物の段ボールから荷物を出して、用意してもらった棚などに移した。

ほかに小さな鏡台、クローゼットなども部屋に置かれた。とても助かることだ。

そのように、怜の部屋をはじめ、家にはどんどん生活感が出てきた。

お風呂には怜のスキンケア用品や、ボディタオルなどが追加された。

服も二人分になったから、上着などをかけられたら便利だと、玄関にはポールハンガーが設置された。

食器も新しく買った。怜の分のお茶碗やお椀、お箸のほか、陽希は「いい機会だから、お皿も増やしましょう」と、綺麗な塗りの皿を何枚か買っていた。

少しずつ、住まいとして息づいてきた家。

半月が過ぎる頃には、怜もすっかり馴染んでいた。日々の生活も、家事も、支障がないどころか、とても快適になった。

なんて素敵な居場所だろう、と怜はたまに噛みしめてしまう。

もちろん環境だけの話ではなく、怜を同居人として、とても大切にしてくれる陽希がいるからだ。

異性の部屋だと、不安に思う気持ちなんてもうない。それどころか、誰かが同じ家にいてくれることに、安心を覚えるくらいだ。

でもそれは少し違うのだと、本当はちゃんと理解していた。

『誰かが』ではない。

ほかでもない『陽希が』いてくれるから、これほど心地良いし、安心できる。

ただし、怜の中でこの感情はまだほのかなものだったし、口に出していいのかもわからない。今はただ、この生活の中で力を蓄えることに集中していた。


「おはようございます！」

会社のエントランスで、怜は明るい挨拶をする。出勤してきたところの社員たちが、「小杉さん、おはよう」と返してくれた。

（さて、今日は金曜日の会議資料を仕上げちゃいたいな。経理部に確認を取らないと。それならお昼前くらいに向かおうかなぁ……）

仕事のことを考えながら、廊下の奥へ向かう。

女子更衣室へ入り、自分のロッカーを開いて支度を始めた。

とはいえ、制服がある会社ではないので、簡単なものだ。

着てきたトレンチコートを脱いで、ハンガーにかける。

中に着ていた薄手のニットの上に、仕事用のカーディガンを羽織った。これは今年の春に買ったもの。やわらかな黄色で明るい気分になれると思う。

最後に髪をクリップでまとめているところで、「おはようございます！」と誰かが入ってくる声がした。

「あ、美桜《みお》。おはよう」

入ってきた人物を見て、怜は微笑を浮かべて挨拶をした。

「おはよ！　今日は冷えるねぇ、だいぶ冬に近付いてきたなぁって思うよ」

明るい笑顔でつかつかと近付いてきた彼女は、小柳津《おやいづ》美桜。怜と同期の女の子だ。すっと鼻筋が通った美人系の顔立ちで、少し癖っ毛の茶色いショートヘアが、活発な印象を与えてくる。

今日、美桜は、言葉の通りにあたたかそうなコートを着ていた。まだ秋物のようだが、もこもこしていてかわいらしい。

「かわいいコートだね。買ったの？」

「うん！　去年のコートは捨てちゃったから……少し想い出が詰まりすぎててね」

コートを褒めた怜だったが、美桜は苦笑交じりの声で言った。怜も思い当たる。

美桜は今年の春頃に、今まで付き合っていた相手と別れていた。入社した頃からの彼氏だったので、そこそこ長い交際だった。

でもそれはおしまいになった。一緒に過ごした想い出が詰まった服は、ちょっと切なく感じるものだ。

「そっか。でもそのコートもとっても似合うよ」

「ありがと！」

怜が意味を察したのは伝わったようだ。美桜は苦笑の中にも安堵が混ざった顔で、お礼を言う。そのあとは支度をしながら仕事の話に移っていった。


怜が勤めるここ、『株式会社 ネクティ』は衣料関係の中小企業だ。

怜の所属は営業事務。営業課の事務や雑務を担当する部署である。

会社はいわゆる卸売業者と呼ばれる立ち位置で、複数メーカーからの商品を、小売業者……販売する店にまで繋ぐ役目を担っている。

取引先は主に国内メーカーだ。世界的なブランド物を扱うことは、ほとんどない。

それに事務課にまで、取引の重要事項は回ってこないのだ。

営業課所属ならば、もっと詳しく知れるし、むしろ知識がなければ困るだろうけれど、事務課ではそこまで求められない。

よって怜の仕事スタンスとしては、日々の仕事を丁寧に、ミスなく行うのが最優先だった。

仕事が大好きだとはいえない。けれど勤めている以上は、精一杯、真剣に働く。

お給料は負債の返済にも必要であるし、派手さはない業務だけど、真面目に取り組んでいるつもりだ。

ちなみに陽希が所属しているのが、営業事務課と連携している営業課。

実際に取引に関わるだけあって、担う責任が多い。仕事も事務課よりハードと聞いていて、繁忙期になれば、残業もあるくらいだ。

陽希は怜の一年後輩で、部署が近いだけあって、入社してきたときから顔見知りだった。初めの頃の陽希はまだまだ初々しい様子で、会社での振る舞いに戸惑っているようだったけれど、今ではもう立派な営業課の一員だ。

それどころか優秀で、若手だというのに、すでに営業のエースとして認められている。

役職がつくのもそう先のことではないだろう、とうわさで聞いたこともあるし、優しいだけではなく、仕事もできるタイプである。

シュッシュッとスプレーから霧を吹き、布を湿らせる。その布で、大きな窓ガラスに触れ、滑らないよう気を付けながら、磨いていった。

今日は休日、いい天気だ。怜は朝から掃除に精を出していた。

窓から見える風景は、街中の様子だ。道路に建物、公園などもある。街路樹はもう葉が落ち始めていて、寒々しい。

だけどまだ寒くはなり切らないし、空は抜けるような晴天だ。終わったら少しお散歩でもしたいな、と思わされた。

「休みなんだから、少しゆっくりしてもいいんですよ?」

気遣うように言ってくれるのに、その陽希も洗濯かごをベランダへ運んでいた。

休日なので、それぞれのシーツを洗った。家の洗濯機は大きいが、さすがに二人分を一緒には洗えない。毎日の洗濯も最初にしたので、回すのはもう三回目だった。

「いえ、家事は楽しいですから。綺麗になっていくと、嬉しいですし」

振り向いた怜は、にこっと笑う。陽希もつられたような笑みで、褒めてくれた。

「怜さんは勤勉ですね」

「陽希さんだって、そうですよ」

そう、陽希は仕事のときだけでなく、家でも働き者だった。

毎食、自炊しているし、家は掃除が行き届いている。細やかな気遣いを感じられて、怜は好ましく思っていた。

返事をしたあと怜は、陽希がベランダへ出られるよう、少し場所を除けた。陽希は軽くお礼を言い、洗濯物を干すため、外へ出ていく。

すぐ窓を元に戻して拭く作業に戻った怜。ベランダへ続く窓は大きいけれど、もう半分以上は拭き終わった。陽希が出てくる前には終わらせたい、とやる気が出る。

（お散歩、陽希さんも誘ってみたらいいかな？）

力を込めて、曇りを落とすようにしながら、怜はなんだかわくわくしてしまった。

思いつけば、いい案だと感じられた。そのとき買い物も一緒にしてくればいいし、晴天の下を一緒に歩けたら楽しいだろう。

自然と笑みが浮かんだが、やがてハッとした。ちょっと恥ずかしくなる。

一緒に家事をしたり、買い物ついでに散歩をしたり、同棲した恋人同士のようだ。

そんなわけはないけれど、その連想にはなんとなくドキドキしてしまう。それに、この胸の騒ぎは不快でないどころか、心地良いとすら感じられた。

そのときコンコン、と音がして怜は顔を上げた。洗濯物を干し終えた陽希が、外から窓を叩いている。

「あ、今、開けますね！」

慌てて怜は窓を開けた。考え事をしている間にも手を動かしていたので、窓はすっかりピカピカになって、外の明るい光を綺麗に通していた。

ある平日の朝だった。

いつも通りの時間に起きた怜は、ゴミ袋を手に階下へ向かう。

今日は燃えるゴミの日だから、出勤準備をする前に、ゴミ出しを済ませるのだ。

エレベーターに乗り、一階のボタンを押す。エレベーターはゆっくり下へ降りていった。家では陽希が朝食を作ってくれていて、それが今から楽しみだった。

(玉子の匂いだったな。なんだろう。オムレツ？　玉子焼き？)

楽しい気持ちでエレベーターから降りる。ゴミ捨て場へ向かい、きちんとゴミ袋を置いたのだけど……そこで「おい」と声がした。

怜は驚いた。男性の低い声だったし、それも好意的な響きではない。

「はい……？」

でも自分に声をかけられているようなので、返事をした。振り返る。立っていたのは、壮年の男性だった。同じマンションに住んでいるようで、何度か見かけたことがある。

「あんた、うちの駐輪場に勝手に停めてるだろ」

敵意すら感じる声と表情で、男性は言った。だが怜に思い当たるふしはない。

「いえ、自転車は使っていないですよ」

正直に言った。どうして言いがかりのように言われるのか、わからない。

「嘘つけよ。ここしばらく急に置かれるようになったんだ。女物だし、書かれてる名字も見たことないな。あんたは最近ここに来たらしいし、ほかに誰がいるんだ？」

なのに彼は勝手に話を進めていく。でももちろんそんな事実はない。

「そう言われましても……私ではない、としか……」

困惑しながら、なんとか返事をした。完全に思い違いをされたようだが、どう説明していいのか、思いつかない。

「じゃあ証明してくれよ。ほら、あっちだ」

怜の返事は満足されなかったらしい。男性は不意に手を伸ばした。

駐輪場まで無理やり連れていくつもりのようで、怜の腕を掴んでくる。

怜の顔が歪んだ。痛い、と口から出そうになる。そのくらい力が強かった。

「や、やめてください！」

さすがに声を上げた。振り払おうとする。

だけど男性と女性の力だ。敵うはずもない。

「嘘じゃないならいいだろ」

据わった声で身勝手に言われて、怜の胸に恐怖が膨らんだ。言いがかりも、脅すような声も恐ろしい。知らない男性に触れられるのにも、嫌悪を感じた。

「いいから来いよ」

怜が若い女性で、すぐに反論もできなかったのに付け込むように、彼はぐいっと怜を引っ張った。そのとき。

「手を離してください」

急に違う声が聞こえた。低く、静かなその声は……。

「陽希さん……！」

とっさに呼んでいた。振り向くと、陽希がつかつかと近付いてくるところだ。見たことのない硬い表情が浮かんでいる。

「乱暴はやめてください。言いがかりですし、無礼です」

近くへ来て、陽希は男性の手を掴むと、軽々と引き剥がして、怜の腕を引き寄せた。

男性とは違って、優しく丁寧な手つきで、怜の胸がどきん、と高鳴る。

「い、言いがかりじゃ……それに、この女が証明に応じないから……」

急に男性が現れて、きっぱり言われたからか、彼は明らかに動揺した。

対して、陽希は落ち着いていた。静かに言う。

「その自転車は、俺のお隣さんのものですよ」

「……は？」

陽希の説明に、男性が目を丸くした。張り詰めた声を出す。

「姪御さんが数日、過ごしてらっしゃるそうです。その間、使う自転車の置き場がないから、うちに場所を貸してほしいとお願いがありました」

淡々とした説明だった。守るように腕に手を回されて、体温が直接伝わってくる。

「その置き場を間違えたんでしょうね。俺からお隣さんに言っておきましょう」

決定を口に出した陽希に、男性は顔を歪めた。自分の発言が間違いで悔しくなった、という感情が表れる。

「そうかよ！　そんならいいよ！」

彼は一歩、後ずさった。まるで逃げるように、去っていく。

「まったく……怜さん、驚きましたよね。すみません」

陽希が怜に視線を向けた。すまなさそうに言われて、怜はようやく、ハッとする。

急に鼓動が速くなってきた。助けてもらったし、おまけに守るように触れられている。安心とドキドキが一気に湧いてきて、怜の体を熱くした。

「い、いえ……。どうして陽希さんが謝るんですか？」

でも謝られた理由はわからない。戸惑いながら、聞いた。

「俺の家のトラブルに巻き込んでしまったので……」

怜の疑問に対する、陽希の返事はそれだった。確かに一理あるが、それでも陽希に非はないというのに。

「そんなことありません。……ありがとうございます」

怜の胸の中が、ほわっとあたたかくなる。心から安堵して、お礼を言った。

「さ、帰りましょう。朝ご飯もできてます」

怜をさらに安心させるように、陽希がにこっと笑う。怜も笑みになった。

わざわざ助けに来てくれた。

おまけに陽希の言葉は、無礼な相手に対しても丁寧で、正確だった。

そんな陽希を心から尊敬してしまう。

でも感じたのは、尊敬だけではなかった。

守るように抱いてくれた陽希の手は、あたたかくて、頼りがいに溢れていた。

今、思い出すと、怜の鼓動はさらに速くなってしまう。

恐怖は完全に消えた。ただ、熱く高鳴る気持ちだけがはっきり残った。


(よし、ここはいいかな。すっきりしたなぁ)

洗面所の棚の整理を終えた怜は、満足して胸の中で呟いた。

平日はなにかとバタつくので、よく使う場所は、ついつい乱れてしまう。

休日の今日、やっと整頓できた。明日から、より使いやすくなるだろう。

(さて、ご飯にしよう。今日は簡単でいいや)

一段落させて、手を洗う。簡単でいいと思ったのは、日曜だが、家には怜一人だったからだ。陽希は午前中から出掛けていった。

「すみません、ちょっと用事があって……。昼を食べて、夕方前には帰ってきます」

そう説明した陽希を送り出した怜は、軽く家を掃除し、ときには少しゆっくり過ごし……と休日らしい時間を送った。

キッチンへ入り、料理を始める。パスタの乾麺を鍋のお湯に入れてから、冷蔵庫の食材でソースを作った。トマト缶をベースに、ベーコンと野菜を何種類か入れた、シンプルなパスタが出来上がる。

(陽希さん、毎週どこかにお出掛けするよね)

ほかほかのパスタを食べながら、ふと陽希のことを考えてしまった。少し前から気になっていた点だ。

怜が住むようになって以来、陽希は土日のどちらかに、必ず外出していた。それも、具体的にどこへ行くと話してくれたことは、思い返せばあまりない。

(もしかして、誰かに会いに行くのかな？　……彼女さん、とか)

ただの推測だったが、そう思った。定期的に会う関係といえば、恋人というのが定番だろう。

これまで陽希に恋人の有無を聞いたことはなかった。会社では「いないらしい」「あんなに格好良いのにね」といううわさを聞いていたけれど、真偽は不明だ。

だから社外で付き合っている相手がいても、おかしくない。

気になったのには、理由がある。だって……。

（私が居候してるから、彼女さんを呼べないんだったら、申し訳ないよ）

優しい陽希だ。恋人に誤解や嫌な思いをさせないために、外で会っているという可能性も考えられた。それが事実なら、陽希に悪い。

だけど同時に、もうひとつ思い浮かんだ。胸の中が、ちくっとする。

陽希と一緒にこうして過ごせて……そんな関係ではないけれど、同棲のようなやり取りをして……幸せだし、心地良いと思う。

でもやはり自分は恋人などではない。陽希に彼女がいるなら、自分がそういう時間を過ごすのはふさわしくないのだ。胸が奇妙に、ちくちくした。

この痛みの理由はなんとなく察せる。どうも、恋の気持ちに近いように感じるのだ。

（……ううん、違うよ。優しくしてもらってるから、心を許してきてるだけ）

今の怜は、自分にそう言い聞かせた。

陽希に彼女がいるのかというのは、今後のためにも聞いてみたほうがいい。

でも、このように感じるのは、言わなくていい。少なくとも今は。

ちょっと複雑な考え事をしたお昼ご飯は、すぐに終わった。普段なら陽希といろいろ話しながら、ゆっくり食べるのに。なんだか物寂しく感じられた。

その日の夕方が近くなった頃、怜は今度、リビングの整頓をしていた。出しっぱなしになっていた物を元の位置へ戻したり、軽くはたきをかけたり。そうするうちに、ふと棚の上が目に入った。

そこにも箱がいくつかある。なにか、陽希の普段使いしない物があるらしい。この棚を使うのは陽希だけで、怜の持ち物はほとんど自室に置いてある。

普段使わないならほこりが溜まるだろう。怜は、小さいモップを手に取った。

部屋の隅へ向かい、折り畳みタイプの踏み台を取ってくる。

これは怜が住んでから買ったものだ。陽希は一八〇センチを超えるほど背が高いので、届かないところというのはほとんどない。

だけど怜は一六〇センチそこそこの身長なので、上のほうは届かないのだ。

その踏み台を組み立てる。床に置いて、乗って、棚の上を覗き込んだ。

思った通り、うっすらほこりがあった。

見ておいて良かった、と思いながら、怜はそっと箱を横に退かす。中身は軽いもののようで、そう力を入れなくても動いた。

あとで持ち上げて、箱の下も拭おうと思いながら、まずは奥のほうへモップを差し込む。そこで不意に、音がした。玄関のインターホンだ。

陽希が帰ってきたらしい。怜の心は、ぱっと明るくなる。

迎えに出ようかと思ったが、陽希は怜がいても、自分で鍵を開けて入ってくる。

でもお出迎えはしたくて、怜は体を引いた。

(この箱、戻しておいたほうがいいかな)

そこで、掃除中だったところを見て、少し悩んだ。

その間に、出迎えるまでもなく、リビングのドアが開き、陽希が入ってきた。

「陽希さん。おかえりなさい!」

そちらを見て、怜は明るく挨拶をした。陽希も「ただいま」と言ってくれたのだけど、そのあと、ちょっと目を見張る。

「あ……、そこは……」

驚いたような表情と、少し硬くなったような声音で呟いた。

怜は一瞬で悟る。どうやら触らなかったほうが良かったらしい。

「あ、す、すみません!」

慌てて、体を引いた。踏み台を降りようとする。

「ほこりだけ払おうと思って、……あっ!」

だが、焦ったのが悪かった。ずるっと足が滑ってしまう。怜の声が張り詰めた。

「怜さん！」

同じように鋭い陽希の声がした。しかし返事をするどころではなく、怜の心臓が、ひゅっと冷える。

落っこちる……！

だが、床に転ぶことにはならなかった。

ぼすっ、と小さな音がして、怜の体はあたたかなものに抱き留められる。怜は、目をぱちくりさせてしまった。

「ああ……危ないじゃないですか」

安堵した響きの声が、上から聞こえた。自分を抱いた腕に力がこもり、きゅっと抱きしめるようにされて、怜は一瞬で状況を理解した。かっと体が熱くなる。

「すっ、すみません……！」

慌てて謝った。密着した陽希の体はあたたかい。

それに、しっかりした体格まで服越しに伝わってきた。

さらに、ふわりと爽やかな香りまで漂い、怜の頭をくらっと揺らした。

これは、陽希が普段つけている香水だ。確かシトラスのもの。

一緒に暮らしているから香りは知っているものの、こんなに近くで感じるのは初めてで、怜の鼓動は一気に速くなってしまう。

「落ちなくて良かったです」

やがて陽希はそっと怜の体を押して、離した。怜も足に力を込め、きちんと床に立つ。くっついていたのが離れて、ちょっとすかすかした。

「ありがとうございます」

改めてお礼を言ったが、だいぶ恥じ入ってしまう。落ちそうになったのも恥ずかしいし、あんなふうに腕に抱かれてしまったのも恥ずかしい。

だけどどうも、陽希も似たように感じたようだ。声がはにかむ。

「いいえ。無事でなによりでしたよ」

くすぐったい空気のあと、陽希はちらっと棚を見た。意味を察し、怜は慌てる。

「すみません、お掃除しようと思って……あ、退かしただけです！　中は……」

怜の説明に対して、陽希は怒ったりしなかった。微笑を浮かべる。

「怜さんは、勝手に中を見たりするひとではないでしょう。それより、お掃除ありがとうございます」

言われて、ほっとした。同時に胸がほわっとあたたかくなる。

信頼してもらえているのだ。焦りは安心と喜びに取って代わった。

「でも普段使わない書類が入っているだけなので、ここは大丈夫ですよ」

説明されて、怜は納得した。普段使わない書類といえば、家や保険の契約書などかもしれない。それなら他人が見るのはやはり不適切だ。

「わかりました。勝手に失礼しました」

それでおしまいになった。気持ちを切り替えるように、お茶にすることにした。


完全に夕方になる頃、二人で家を出た。買い物と散歩を兼ねた外出だ。

もうこの家に引っ越してから、何度も歩いたので怜も道はわかっている。

それでも路地裏など、知らない場所もまだまだあった。

「ここは公園への近道なんです」

「このお店の裏は、たまに猫ちゃんがいて……ああ、今日もいますね！」

歩くうちに陽希が説明してくれる。楽しい散策になった。

公園に入り、街路樹やオレンジ色の夕焼けを眺めながら話しているうちに、話題は今日のお昼のことに移った。

「今日はインドカレーでしたよ。本格派の店で……」

単にお昼ご飯の話だったけれど、陽希が続けたことに、怜は目を丸くした。

「実家の裏あたりにできた店で、茉希にずっと『行きたい』って誘われてたんです」

妹を大切にしている兄の顔で陽希は話す。やわらかな笑みは魅力的だった。

でも怜が気になったのは、それよりも……。

「ご実家に帰ってたんですか?」

驚いた。向かっていたのは実家だったのだ。陽希もそのまま肯定した。

「ええ。ちょっと家の用事で……毎週、家を空けてすみません」

陽希が行っていた先を知り、怜はなんとなく、拍子抜けしてしまった。

「そうなんですか。てっきり、彼女さんなどと会っているのかと……」

今度、目を丸くするのは陽希だった。意外だ、という顔になる。

「え、彼女!?」

その表情がすべてを物語っていた。怜が思ったのは、勘繰りだったのだ。

「はい。だって毎週会うといえば、そういう関係の方かなぁ、と……」

怜の説明に、陽希の表情は気まずげになった。視線が軽く逸れる。

「いや、まぁ……そうかもしれないですけど」

返事も歯切れが悪くなった。その様子はなぜか怜の目に、少しかわいらしく映る。

「でも実家で用があるだけですよ。少し立て込んでいて……今だけです」

陽希の声は通常に戻った。穏やかな、落ち着いた響きになる。

「そうだったんですね」

怜も穏やかに相づちを打つ。だがそのあと、どきん、と胸が高鳴った。

「それに俺は交際相手がいるのに、女性と一緒に住んで仲良く過ごすほど、不誠実なつもりはないですよ？」

陽希ときたら、驚かされた意趣返し、とばかりに少し悪戯っぽく言ってくる。

「あ、すみません、そういう意味では……」

そんなことを言われては、胸の鼓動が速くなってしまう。怜の声は動揺した。

確かに陽希なら、交際相手がいる時点で、怜との同居を選ぶはずがなかった。自分に考えが足りなかった、と反省する。

「いえ、わかってますよ。でも俺は、怜さんとの生活を楽しいと思っています。これは本当です」

陽希は、くすっと笑って言う。言葉の後半に、怜はまたどきっとさせられた。

楽しいと思ってくれるのだ。ただの居候なのに、そう捉えてくれるなんて。

優しいだけではない。好感があるからこその言葉だとわかってしまう。

（……顔が赤くなってないかな）

妙な心配まで浮かんだのに、陽希の言葉も声音も変わらなかった。

「家の中はピカピカですし、作っていただくご飯も美味しいです。帰ってきたときも出迎えてもらえると、とてもあたたかな気持ちになります」

陽希の視線は、空のほうを向いていた。夕焼けを、穏やかな視線で見ている。

その視線につられたように、怜の鼓動も落ち着いてきた。ただ、優しい胸の騒ぎだけが、とくとくと刻まれる。

（ただの居候だけど……私、ちゃんとなにかをあげられてるんだな）

実感できて、じわりと胸があたたかくなった。夕陽のオレンジ色が胸に入ってきたようだと思う。

感じられた嬉しさは、やがて安堵に代わる。そのためか、今までなかなか言えなかったことが、するりと出てきた。

「その、……私の親の話なんですけど……」

会話が途切れたとき、切り出した。今、話すのがいいと思ったのだ。

もう公園はとっくに抜けてしまい、住宅街に入っていた。通行人の姿もない。

軽くない話でも、ここならいいだろう。

「恥ずかしい話ですが、亡くなったときにだいぶ負債を抱えていたんです。私もお姉ちゃんも、初めて知って……」

さすがに堂々とは言えなかった。一般的にも、あまり格好がいい内容ではない。

「……そうなんですか……」

陽希も息を呑んだようだった。数秒の沈黙のあと、張り詰めた声で相づちを打つ。

「その負債を今、お姉ちゃんと返済してるんです。それでお金に余裕がなくて……」

話しながら、物悲しくなってきた。元カレには嘲笑されたような事情だ。

陽希が同じようにするなんて思わないが、引け目はある。

「……大変だったんですね」

しばらく黙ったあと、陽希は静かな声で言った。

怜はそっと、その陽希のほうを見る。様子をうかがうような視線になってしまった。

でも陽希は、怜と視線が合って、目元を緩ませた。慈しむような表情を浮かべる。

「それなのに、お姉さんと二人で頑張ってこられたなんて……恥ずかしくありません。立派なことです」

その表情で、きっぱり言う。怜の胸が、かっと熱くなった。

陽希なら冷たい捉え方や、言い方はしないとわかっていた。

だけどこの受け止め方は、怜が想像していた以上に優しく、あたたかなものだった。

胸に弾けた熱は、ゆっくり体に回る。実際にぽかぽかしてくるように感じられた。

「……ありがとうございます」

返事はそれだけになった。でも十分だっただろう。

「大切な話を聞かせてくださり、ありがとうございます」

陽希もお礼を言ってきた。怜のほうこそ、「聞いてくれてありがとう」と言いたいところなのに。

「それならやはり、今はチャージするべきときですね。さらに頑張れるように、エネルギーを蓄えなければ」

そのあと、ちょっと茶化すように言う。怜の表情は自然にほころんでいた。

「ええ。このあとも頑張ろうと思います」

怜が笑顔になったのを見て、安堵したのだろう。陽希はにこっと、はっきり笑った。

「じゃあ、今夜は栄養あるものを食べましょう！　そうだ、カツカレーなんていかがでしょうか!?　揚げる時間もありますし」

元気に言うので、怜は笑ってしまった。くすくすと声までこぼれる。

「陽希さん、お昼もカレーだったんじゃないですか？」

今度は怜が混ぜ返す番だった。でも陽希はしれっと返してくる。

「美味しいから、二食カレーでもいいでしょう！」

「そうですね。じゃ、買い物はカレーの材料と豚肉と……パン粉はありましたっけ？」

二人の足はスーパーへと向かう。もうすっかり日常の会話だった。

だけどお互いの事情を話して、聞けたのはきっと良いことだった。

『同僚』からもう一歩、近付けたように感じられたのだから。


すっかり冷え込むようになった、冬の朝。

出勤前の怜がメイクを終えてリビングに戻ると、陽希が難しい顔をしていた。

「怜さん。今日の電車、遅延しているらしいですよ」

「え、事故でしょうか？」

どうやらスマホのニュースを見ていたらしい。手にしていた小ぶりのスマホを差し出されるので、怜も覗き込んだ。

それによると、どうやら駅のひとつで火災が発生したようだ。大ごとであるし、火災というならしばらく復旧しないかもしれない。怜も眉をひそめてしまう。

怜の通勤は電車だ。駅までは徒歩五分程度なので歩いて向かい、そこから電車に乗り、会社最寄り駅まで行く。

会社の最寄りはターミナル駅だが、家の近くは単線だ。迂回《うかい》ルートを取るなら、隣の駅まで行く必要があった。

「どうしましょう。タクシーかな……」

悩んでしまった。隣の駅まで歩けないこともないけれど、今日は朝一番で片付けたい仕事がある。やむを得ない事情とはいえ、なるべく早く着きたいと思う。

タクシーを使っても、隣の駅までなら高すぎる金額にはならない。

そうしようかな、と思って言ったのだけど、陽希が別の提案をした。

「せっかくですから、一緒に行きましょうよ」

『一緒に』と言ってもらった意味はすぐわかった。でも怜はためらってしまう。

「有難いですけど……でも……」

陽希は毎朝、自家用車で通勤している。

同じ家に住んでいても、今まで別々に通勤していたのは簡単な話。

同居していると知れて、職場で変なうわさになったら困るからだ。

電車の遅延とはいえ、誰かに見られてしまったら、やはりまずいのでは……。

そう思ったのだけど、陽希は怜のためらいを消すように、笑顔を向けた。

「心配でしょうから、少し離れたところで降ろしますし、俺はどこかを少し走ってから出勤しますよ。それならわからないでしょう」

気遣った方法まで提案されて、怜は数秒悩んだものの、頷いた。

今朝の状況を考えると、そうしてもらえるのが一番有難い。

「じゃあ……甘えましょうか」

ためらいつつも言った怜に、陽希のほうは、ぱっと笑みを浮かべる。

「ええ！　ではさっそく、最後の支度を整えてきます」

通勤準備をするだけなのに、『さっそく』などと言う。そんなあたりは一歳とはいえ年下らしくて少しかわいらしい、と怜は思ってしまった。

だがこういう言い方や反応をしてもらえたことで、怜の気が引ける気持ちは、いつの間にか消えていた。

「このあたりを車で通ることって、あんまりないです」

窓の外の光景は物珍しかった。その気持ちのままの声になる。

運転席の陽希は前を見ていたけれど、怜が興味津々なので、くすっと笑った。

「電車から見るのとはまた違いますよね」

同意してもらえて、何気なく怜は陽希のほうに視線を向ける。しかし陽希の様子を見て、どきん、と胸がひとつ鳴った。

陽希はもちろんハンドルに手をかけて、前を向いていた。運転をする姿というのは初めて見る、となんだか新鮮さと、ちょっと見惚れる気持ちも同時に覚えた。

乗せてもらった車は、黒の普通車だ。免許を持っておらず、車には詳しくない怜だが、右ハンドルなので国産車なのはわかる。

しかし昔乗った父の車や、元カレの車と比べると、明らかに乗り心地が良かった。振動も少ないし、シートもふかふかだ。国産車でも、良い作りの車らしい。

それに陽希の運転も上手だった。急ブレーキなどもってのほか、止まるときも速度を落としたあとスムーズに停止するし、曲がるときもなめらかだ。

運転に慣れている以外にも、きっと乗るのが好きなのだろうな、と感じられた。表情も、気を抜かない様子ではあるが、楽しげだ。

車の運転なんて、免許を持っているひとには日常だ。でも怜にとっては、特別で、格好良く見えた。

慣れた手つきも、ハンドルを握るしっかりした厚い手も、前を見る横顔も……。

つい、じっと見てしまって、慌てて視線を戻した。見惚れていると知られたら、恥ずかしい。

それに普段、家でも会社でも見られない様子を目にしたことで、実感してしまった。車の助手席に乗せてもらうなんて、本当に特別なのだ。実感は、怜をさらにドキドキさせてきた。

(本当にひとに見られないかな……。平常心でいられない気がする……)

どうしてもそわそわしてしまい、その内心は陽希に知られたのか、どうなのか。

「ちょっとコンビニに寄ってもいいですか？　飲み物を買いたくて」

なんでもないことを言われた。ほっとした怜が前に視線を戻すと、確かに前方、左手側にコンビニがある。

「はい！　大丈夫です」

肯定すると、陽希がすぐにウィンカーを出した。左折の合図だ。

「ここなら、会社にもまだ遠いですから安心ですよ」

「そ、そうですね」

安心したのに、陽希からは、まるで先ほどの思考を読んだように言われてしまう。怜は言葉を少し詰まらせた。

だがどうも安心はできなかったようだ。ただし、陽希が言ったのとは違う意味で。

「あれっ！　お兄ちゃんじゃない！」

コンビニの駐車場に停車して、陽希が運転席のドアを開けた瞬間、知っている声が飛び込んできた。怜の心臓は、喉奥まで跳ね上がった。

「え、茉希？　まさか会うとは……」

運転席から出ようとしていた陽希の声も驚く。

動揺したものの、到着したのだから、怜はあたふたしながらも助手席を出る。運転席の前では、陽希と茉希が話をしていた。

茉希はいつも見る通りの、抜かりのない、洗練されたスタイルだ。今日は冷えるので、ファー付きの白いコートに、茶色のロングブーツを合わせている。手にはホットの飲み物らしいカップを持っていた。

「怜さんもご一緒だったんですね！　私の大学、すぐそこなんですよ」

怜を見て、朝の挨拶のあと、茉希が嬉しそうに道の向こうを指差す。そちらには確かに学校らしき敷地が見えた。

「な、なるほど……偶然ですね」

どうやら自分たちと同じように、登校前に寄った形のようだ。やはり偶然である。

「一緒に通勤なんて、仲がいいんですねぇ」

そしてもちろん、危惧した通りになった。少し含みのある笑顔で言ってくる茉希に、怜の頬は寒い中なのに熱くなってしまう。

「い、いえ、今日はちょっと電車が止まっちゃいまして……」

あたふたと説明したのに、茉希の笑顔は変わらない。

「そうなんですか？　せっかく一緒に住んでるなら、毎朝一緒に出勤されれば……」

「こら、茉希！　いろいろ事情があるんだよ」

茉希がさらに言いかけたところで、陽希の手が茉希を小突く。肩をちょんと押されて、茉希は一気に膨れた。

「もー！　照れなくてもいいじゃない」

なのに茉希は懲りない。さらにそう言うので、怜の恥ずかしさは募るばかりだ。

そこで急に、なにかが怜の肩に触れた。しっかりした感覚が肩を包んでくる。

驚いてそちらを見れば、陽希が怜の肩に触れて、軽く引き寄せてきたところだ。怜は目を見張ってしまった。

「怜さん、そっち、車が通ります」

しかし陽希の言葉に、驚いた。理由に気付いて、かぁっと顔が熱くなる。近くに停めようとしていた、よその車に触れないよう、慌てて端へ寄った。

自分がぼうっと立っていて、危なかったから引き寄せてくれたのだ。

なのに、肩を抱かれるように錯覚してしまったなんて。

「す、すみません」

あたふたしてしまった反応は、茉希に笑われた。くすくすと声まで聞こえてくる。

「お兄ちゃんったら、エスコートが上手いなぁ」

ちょっとふざけた言い方に、陽希が軽く茉希を睨んだ。

「からかうんじゃない。ほら、もう俺たちは買い物して、出勤するんだから」

この場を切り上げる内容に安心した怜だったが、違う意味で胸は高鳴った。

見上げた陽希の様子は、どうも照れているように見えたのだ。理由は不明だが、これもまた普段見られない顔だけに、ドキドキしてしまう。

「はぁい。私も、もう授業が始まるから行かないと」

茉希もそれ以上、追及することはなかった。大学の敷地と言ったほうへ踏み出し、手を振ってくる。

「じゃあね、お兄ちゃん！　怜さんも、いってらっしゃい！」

もうからかう表情ではなく、にこにこしていた。底抜けの明るさを感じられる茉希の笑顔にほっとしながら、怜も手を振り返した。

「は、はい！　いってらっしゃい」

楽しげな後ろ姿で去っていく茉希を見送り、隣で陽希が小さくため息をついた。

「すみません、怜さん。まさかこんなところで会うなんて」

謝られるが、陽希のせいではない。それに嫌だったわけではないのだ。

「いいえ。大学の近くだったんですね」

軽く受け止め、二人は店内へ向かった。中で軽く品物を見て、陽希はチルドカップの飲み物を、怜はパックのグミを購入する。

そのまま再出発して、また車で走り、着いたのは会社から徒歩五分ほどの場所だった。駅とは逆の方向だ。社員に見られることはないだろう。

「わざわざありがとうございます、陽希さん」

助手席から降りた怜は、ぺこっと頭を下げた。結局、電車は止まったままだったらしいので、本当に助かった。

「いえいえ。じゃ、俺は少し走ってから出勤しますね」

当初の予定通り、陽希はそう言って運転席の窓を閉めた。怜が一歩下がると、ゆっくり発進する。怜は陽希の車が去り、角を曲がるまで見守った。

朝から驚いたり、ドキドキしたり、大変だった。

しかしこれからが一日の始まりだ。

せっかく陽希に送ってもらったのだ。仕事を遂行しなければ。

改めて気合いを入れた怜だったが……この日は社内で陽希を目にする度に、どうもそわそわしてたまらなかった。

家での姿と、車での姿。それから働くときの姿。

すべてが違って見えて、でも自分はそのすべてを目にできている、と実感しただけで、どうにも頬が火照りそうで、困ってしまった。

休日、約束していた時間にインターホンが鳴った。今日はお客さんが来るのだ。

陽希が外のオートロックを解除し、『そのひと』が部屋のある階までのぼってくる。

それで玄関前まで来たのだろう。もう一度、鳴った。

「こんにちは、初めまして。お邪魔いたします」

入ってきたのは女性だ。茶色のロングヘアを後ろでまとめ、ややふっくらとした体格。腕に小さな男の子を抱っこしている。

「いらっしゃいませ。こちらこそ、初めまして」

ドアを開けた陽希が挨拶をする。怜は胸が高鳴る思いを覚えた。

「久しぶり、お姉ちゃん」

噛みしめるように挨拶すると、彼女も、ぱっと顔を明るくした。

「怜！　元気そうでなにより！」

向こう……怜の姉・瑛も喜びと安堵がたっぷり滲んだ表情で言って、男の子も同じだった。

「れーちゃんだぁ！」

怜を見て、きゃっきゃとはしゃぎ出す。一歩引いた陽希の横から前へ出て、怜はその子、瑛の息子である光《ひかる》の手に触れた。

「光くんも、久しぶり。元気だった？」

瑛と同じ色の髪と、好奇心旺盛な瞳を持つ光は、今年三歳になった。

姉と甥と会うのは、だいぶ久しぶり。特に、こういう事態になってから、時間を取って過ごせるのは初めてだ。

「入ってください。お茶を淹れたんです」

後ろで促す陽希も、穏やかな声だった。その言葉に瑛と光は家へ上がり、奥へ進む。

リビングで改めての挨拶となった。

「改めまして、怜の姉の、相田《あいだ》瑛と申します。こちらは息子の光です」

ソファに腰掛け、膝に光を抱いて、瑛はお辞儀をした。お茶を挟んで、ガラステーブルの前に座っていた陽希も、同じようにする。

「初めまして。結賀陽希と申します」

今日、瑛が訪ねてきたのは挨拶のためだ。怜がここに居候して、そろそろ一ヵ月が過ぎるけれど、瑛の事情でなかなか時間が取れず、だいぶ遅くの顔合わせになった。

「本当に、この度はありがとうございます。本当なら私が家に住ませるべきなのに、夫が多忙でバタつくうえに、息子もいて……。恥ずかしながら、部屋もなく……」

瑛はもう一度、頭を下げた。今度はお礼がたっぷり入ったお辞儀だ。

瑛の夫は最近まで、出張が重なっていたのだという。光も今年、幼稚園に入った歳で、毎日送り迎えをしなければいけない。

さらに、瑛自身も現在、パートタイムで働いている。日頃から、あまり余裕のある生活ではないのだ。

よって、必要なものを渡すとか、少しだけ話すとか、それだけになっていた。やっとこうして時間を取ってゆっくり過ごせるのは、とても嬉しい。

「お姉さんもお忙しい中、ありがとうございます。お会いできて嬉しいです」

陽希は笑顔だった。言葉通り、瑛と光の来訪を好意的に受け取っているという表情で、怜の胸はあたたかくなった。

その陽希に、瑛が隣に置いていた紙袋を差し出す。

「今回の件は、いくらお礼を言っても言い切れません。こちら、つまらないものですが、ご挨拶とお礼に……」

「いえ、そんなお気遣い……。困ったときはお互い様ですよ」

洋菓子らしき手土産を差し出されて、陽希も恐縮したようだった。それでもお礼を言い、受け取ってくれる。

「俺はずっと怜さんに会社で助けていただいていたので、少しでもその恩をお返しできればと思っています」

熱い紅茶のカップを手に、陽希がそのあと話し始めたのは、怜も知っている想い出だった。ただ、怜としては、ごく普通の日常としての過去だと思っていたことだ。

「俺が『ネクティ』に入社したのは、まだ三年ほど前になります。でも当時の俺は、あまり会社に馴染めなくて……」

陽希が懐かしそうな目をして、話し出す。怜も向かいで静かにそれを聞いた。


「結賀さん、おはようございます！」

まだ春の真っ盛りである頃のこと。会社のエントランスに入った陽希に、明るく声をかけてくれた女性がいた。近くの部署に所属する、怜だ。

「あ、……お、おはようございます」

でもその頃の陽希は入社したてだ。それに育った環境に少し事情があって、ひととの距離感が上手く掴めずにいた。

よって、返事もスムーズに出てこなかったのに、怜は笑顔のままだった。

「週末、歓迎会がありますね。結賀さんも参加されますか？」

にこにこ聞かれたけれど、実はあまり気が進まなかった飲み会だ。陽希の返事は濁ってしまう。

「どうしようかなと思ってまして……知らない方ばかりですし……」

その言葉に、怜は軽く頷いた。

「そうですよね。周りは初めましての方ばかりですもんね」

同意してくれたが、次のことは陽希の発想になかった内容だった。

「でも、だからこそ参加されてはいかがですか？　仕事以外の話をしたら、少し打ち解けられると思います」

ちょっと驚いてしまった。馴染めないだろう、と避けようかと思っていたのに、怜は逆だと言うのだ。

「それに、今回は新入社員歓迎会なんです。結賀さんのこともみんな知りたいと思ってるでしょうし、先輩も気遣ってくれますよ。もちろん私も手伝いますし！」

そのように後押しし、にこっと笑ってくれた怜。陽希の後ろ向きだった姿勢は、それで少し前を向けたのかもしれない。

思い切って参加した歓迎会も、スムーズではなかったが、いろいろなひとと話ができた。そしてそれからも、同じだった。

部署が違うので、毎日顔を合わせるわけではない。でも怜は、会えば必ず声をかけてくれた。

朝に会えば、「おはようございます！」と笑ってくれた。

ミーティング明けで疲れていたときには、「お疲れですか？　良かったらこれ、どうぞ！」と飴をくれたこともあった。

そう接してもらえたことで、陽希は知ったのだ。

（仕事の付き合いだって、こうして笑顔を浮かべて、自分から話しかければいいんだ。友達を作るときと同じだ……自分から動くことで、気持ちが近付けられるんだな）

少しずつ会社のひとたちの輪に溶け込むことができたのは、怜の影響があったからだ。さらに、今の陽希があるのは、それだけではない。

陽希が入社して一年ほどが経った頃、営業課で運悪く、トラブルが相次いだ。顧客との大口取引が進んでいたのだが、双方に行き違いがあり、悪くすれば取引解消になってしまう、ともささやかれる事態だった。

入社一年目とはいえ、もうまったくの新人ではない。チームのひとつに所属し、一員となっていた陽希も対処に追われた。

しかし慣れているはずもない陽希は、相次ぐハードな業務と残業に、身も心もすり減っていった。

下っ端のために、雑務もある。こなさなければ、さらに支障が出てしまう。

行き詰まり、憔悴《しょうすい》していたところへ声をかけてくれたのが、怜だったのだ。

「あの、出過ぎたことかとも思うんですけど……」

今日も残業か、と憂鬱に思いつつ、デスクでコーヒーを飲んでいた陽希に声をかけてきた怜は、おずおずとした口調だが、意外なことを言った。

「雑務は営業事務課でも処理できます。現在、営業課に余裕がないようですから、こちらでも少し請け負えたらと思ったんです」

気が引けている、という様子ながら言われて、陽希は目を丸くした。

「さっき課長に打診してきました。そうしたら、検討してくださるとのことで……」

優しいだけではない。その言葉や対応は、陽希に気付きをもたらした。

（そうだ……俺は独りきりじゃないし、チームだけで仕事をしているわけでもない。ほかのひとに……部署のひとたちに頼るべきだったんだ）

目が覚める思いだった。飲んでいたコーヒーよりも、強く覚醒を感じた。

そのあとすぐに許可が下り、雑務の一部は営業事務課に回された。自然と陽希は営業の業務に集中できる形になった。

もちろん営業事務課も少し忙しくなってしまった。でも怜は文句を言うどころか、廊下で会えば「頑張りましょうね！」と励ましてくれたのだ。

結果、営業に集中できたのが功を奏した。

先方との行き違いは無事に解消でき、さらにその働きが気に入られたらしい。

本来目指していた契約に加え、もうひとつ、大口の契約も追加された。チームは大きな成功を掴めたのだ。

その後、営業課と営業事務課で、盛大な打ち上げになったのは言うまでもない。怜にも厚くお礼を言った。気遣ってくれた優しさと、ヘルプを提案してくれた行動力を、心から尊敬した。

この出来事で、陽希は自身の中に、大きな成長と、意識の変化を感じた。

仕事は自分だけのものではない。チームと力を合わせるべきだし、別部署のメンバーとも連携が必要だ。協力することで、これほど大きな成果を出せたのだから。

「……怜さんは、俺を助けてくれただけじゃない。大切なことを気付かせてくれたんです」

だいぶ減った紅茶のカップを手で包んで、陽希は少し長めの話を締めた。紅茶を見つめる優しい視線は、まるでその頃の怜がそこに映っている、と言いたげだった。

(ずっと覚えててくれたんだ……)

怜の胸が熱くなる。自分が何気なくしたことを、陽希はこれほど大切に捉えてくれていたのだ。そして自分は、陽希の力になれていたのだ。

……なんて嬉しいんだろう。

あたたかな感情が、胸の奥から込み上げた。嬉しさからの涙になるかと思うほど、強い喜びだった。

「……素敵な想い出ですね」

瑛が静かに言った。こちらもとても優しく、噛みしめるような響きだ。

「ええ。……あ、すみません。俺の話ばかり、ぺらぺらと……。お茶を淹れ直しましょうか」

どうやら陽希は少し照れたようだ。腰を上げて、テーブルにあったカップを集め始める。どれも中身はほとんどなくなっていた。

「光くんは、また麦茶でいいかな？」

光に目を向け、笑顔で尋ねる。良い子で話を聞いていた光は、やっと自分に構ってくれると悟って、ぱっと顔を明るくした。

「うん！　むぎちゃ！　あとおやつぅ」

お腹が空《す》いたのか、お菓子までねだるので、陽希だけでなく、怜も笑ってしまった。

「そうだね、おやつにしようか。瑛さん、こちら、開けてもいいですか？」

続いて陽希は、瑛のほうを見た。瑛も顔をほころばせる。

「ええ。光も食べられるものなので、良いのでしたら……」

その場は、さらにあたたかな空気になった。甘いお菓子をお供に、穏やかな時間が流れていった。


ふと浮上した意識の中で、ぱちりと目を開けると、ぽうっと小さな明かりが目に映った。部屋に灯してある常夜灯の明かりだ。つまり、まだ夜中なのだ。

(また……夢)

そっと起き上がり、怜はきゅっとシーツを握っていた。胸が少し重たく感じる。

ここに来てから、夢を見る夜が多かった。夢の内容はさまざまだ。

元カレに捨てられたときの、辛い記憶。

もしくは真逆で、両親や姉と暮らした、優しい日々の想い出……。

いい夢でも、悪い夢でも、怜にとってはあまり変わりがなかった。

そういう夢を見て起きたとき、うっそりした感情になる。

辛かったときも、幸せだったときもあったが、現在の状況を顧みてしまうのだ。

ここは確かに自分の居場所、と思っても、心の深層では安心し切れていないのだろう。こんな夢に悩むのが、その証拠だ。

(……水でも飲んでこようかな)

駄目だ、気持ちを変えよう。

思って、怜は布団を除けて、ベッドを出た。ブランケットを羽織り、スリッパを履いて、部屋を出る。

しかしリビングから、弱い明かりが洩《も》れていた。怜の目はちょっと丸くなる。

「……あれ、怜さん。どうかされましたか?」

ドアを開けると、予想通り、陽希がいた。驚いたように振り返ってくる。

怜が数時間前、おやすみなさいを言って部屋に戻ったのは知られている。だから不思議に思ったらしい。

陽希のほうは、薄暗い中でソファに座り、どうやら映画を見ていたようだ。

「眠れない、ですか?」

返事に悩んでいる間に、気遣うように言われてしまう。だけどかえって安堵した。かけてもらえる声は優しい。今、ここにある薄明かりのようにあたたかい。

「はい。……少し、夢を見て……」

安心した怜は、素直に理由を口に出せた。陽希はその反応に、微笑を浮かべる。

「良かったら、こちらで少し過ごしますか？」

それで、毛布を貸してもらった。陽希の左側に座り、くるまる形になる。

もうすっかり真冬だ。夜中は冷える。「ブランケットより、毛布のほうがあったかいですよ」と陽希が持ってきてくれた。

そのまま、テレビの画面を見た。流れている映画は、海外のものらしい。静かな雰囲気で、森や川といった、自然の描写が優しい空気を伝えてきた。

薄明かりと、毛布のやわらかな感触、流れる小さなＢＧＭに、怜の気持ちは少しずつ落ち着いていった。

過ごしたことがない時間だった。感覚から伝わるもの、すべてが心地良い。

そして、一番はそれらの感覚より、隣から伝わってくる存在感だった。

「寒くないですか？」

ひそめた声で気遣われる。怜も小さく「はい」と答えた。

右隣には陽希が座り、ブランケットを膝にかけていた。それだけなのに、しっかり『誰かがいる』とわかる。怜に、孤独ではないと実感させる感覚だった。

それらの安心感からか、やがて怜は事情をぽつぽつ話すことができた。

夢を見ること、夢の内容、起きたときの薄暗い気持ち……。

陽希は時折相づちを打ちながら、静かに聞いてくれた。

話が一区切りしたところで、左肩になにかが触れた。陽希が座るのとは逆側だ。

どうしてこちら側に、と不思議に思ったときには、その肩を引かれていた。

自然と、陽希の側に引き寄せられるような形になる。

心臓が、とくんと跳ねた。そのままとくとくと、少し速くも心地良く鼓動を刻む。

怜を肩に寄りかからせて、陽希は小声で言った。

「怜さんはもう、独りじゃないです」

言葉はそれだけだったのに、怜の胸に、熱く染み入った。

そうだ、孤独を実感するのが怖かった。誰かと過ごした時間の記憶により、現在、独りだと思って、不安になっていた。でもそれは違ったのだ。

気持ちがゆっくりほどけていく。触れた陽希の体と腕、それから左肩を抱いてくれるしっかり厚い手のあたたかさで、溶かされたようだった。

怜はそっと目を閉じる。返事を口に出す必要は感じなかった。

(……こんなふうに安心させてくれたひとは、大人になってから初めて)

とくとく速い鼓動の中で、確かな安心が体を満たしていた。

静かに、穏やかに自覚した。

今までほんのりしていたけれど、自分はこのひとに惹かれているのだと。


「良い香りがするなぁ」

リビングから、わくわくした声が聞こえてくる。茉希がスマホを暇つぶしにして待ちつつも、ちらちらキッチンを見てくるのだ。

「もう少しでできますからね」

怜もキッチンからちょっと顔を出し、その茉希に笑ってみせた。

十二月中旬の、日曜日。リビングには小さいクリスマスツリーが飾ってある。

今日は茉希が訪ねてきていた。少し早いクリスマスのおもてなしと、それから今までのお礼を兼ねて、お菓子を焼くことにした。その良い香りが漂っている。

「怜さん、こっち焼けましたよ」

陽希が声をかけてきて、怜は慌てて元の位置に戻る。

「あ、はい！　じゃあ、次のは私が……」

今、焼いているのはパンケーキ。プレーンなものだが、このあと生クリームやフルーツで飾るのだ。だから土台のケーキはシンプルなほうがいい。

パンケーキは何枚も重ねるし、三人で食べるからたくさん必要だ。

よって陽希が一枚、焼き上げた次に、新しいものを焼こうとした。

だが、タネをフライパンに落としたとき、ぽたっと小さく油が跳ねた。怜の手の甲にかかってしまう。

「あつ……っ！」

思わず小さく声を上げた。熱と軽い痛みが弾ける。

「怜さん……！　大丈夫ですか⁉」

とっさにという様子で、陽希が手を伸ばした。怜の手を取ってくる。

あたたかく、しっかりした手に握られる形になって、怜の胸は驚きにではなく、ひとつ跳ねた。かっと体が熱くなる。

「だ、大丈夫ですよ、ちょっと油が飛んだだけですから……」

動揺しながら言ったのに、陽希は心配そうに患部を見つめた。自分の手に視線を落とされて、怜はさらにドキドキしてしまうのに。

「ああ……赤くなってます。すぐ水で冷やしましょう」

さらに、そっと手を引かれ、水道まで導かれる。冷たい水をかけられた。

（なんだか、お兄ちゃんみたい）

この行動を頼もしく感じて、ドキドキする中に、安心も生まれた。

でも怜の中に生まれた熱は、まったく去らない。固定するように支えてくれる手の体温を、かえって意識してしまった。

「大丈夫ですか？」

声が聞こえたようで、茉希が顔を出した。怜は違う意味で恥ずかしくなる。こんなところを見られてしまうなんて。

「あ、はい……ちょっと油が跳ねただけです」

軽く動揺しながらも答える。茉希はほっとしたように笑ってくれた。

「良かった。……仲が良くなりましたよね」

だけどそのあとに、含みを持って言われるので怜の恥ずかしさは去らない。

少し前、コンビニの駐車場で会ったときとまったく同じだ。

「茉希。お前はリビングで待ってなさい」

その茉希を軽く睨んだ陽希。だが、なぜか命令口調になっていた。

やや動揺した響きもあって、怜は不思議に思う。なんだか照れたような態度だ。

「はいはい。楽しみに待ってまーす！」

茉希は素直に去っていって……ハプニングがありながらも、やがてパンケーキは無事、完成した。

「美味しーいっ！」

ひとくち食べて、頬を押さえた茉希に、怜と陽希は笑みを交わした。

喜んでもらえた。その嬉しさを、互いの笑顔から実感する。

「パンケーキがふかふかで、生クリームがなめらかで、いくらでも食べられそう！」

もうひとくち分フォークですくいながら、茉希はきらきらした笑顔を浮かべた。

「お口に合って良かったです」

あたたかい気持ちになって、怜もナイフとフォークを取り上げる。

パンケーキは三枚重ね。上にこんもり生クリームを盛って、回りにはいちごやバナナなどのフルーツをたっぷり飾る。最後に上からチョコレートソースを回しがけた、スペシャルなケーキだ。

「陽希さんは、お菓子作りも得意なんですね。お料理も上手いのに」

ひとくち食べて、美味しい、と呟いてから、怜は陽希を見た。陽希もパンケーキを綺麗な手つきで切っていたところだが、褒められて顔をほころばせる。

「ええ。料理が趣味なんです。お菓子もたまに作ります。一人暮らしを始めたとき、なにもできないんじゃいけないって思ったんですが、やってみたら楽しくて……」

そう言った陽希を、怜は不思議に思った。確かに、一人暮らしをきっかけに家事を覚えるひとはいる。でも陽希の言葉は、それまでまったくやらなかったという響きだ。

(お手伝いとかも、しなかったのかな?)

疑問に思ったけれど、母親が専業主婦なのかもしれない。それに、今、できるなら経緯はあまり関係ないともいえた。

「お兄ちゃんは真面目だったよね。私は家庭科で習ったことくらいしかできないよ」

だが茉希も同じようだ。怜は内心、首をひねった。

(子どもたちに、あまり構わない親御さんなのかな。でもそれにしては……)

疑問のあまり、怜はちらっと二人のお皿を見てしまった。料理はできない、もしくはできなかったと二人とも言っているのに、お皿は非常に綺麗だ。

食べ方が上手いのだ。クリームをたっぷりかけたのに、すくうフォークから一滴も落ちていない。ケーキのクズがこぼれることもない。

いちごもバナナも、フォークを刺すのではなく、丁寧に切り分けている。

どう見ても、放置されて育てられたなんて様子ではない。

「そうだ！　家庭科っていうなら、よくバレンタインにチョコを作って……とかあるんですよね！　あれ、憧れてたんですよ～」

茉希がふと、話題を変えた。怜も素直に「ありましたね」と答えたけれど、疑問はそのあとも解決しなかった。

「私の高校はお作法が厳しかったから、そういうのははしたないって禁止されて……公立校が羨ましくて……」

お作法。はしたない。

そういう概念があるのは、怜の感覚では『良い私立の女子校』だ。

（たまに不思議になるんだよね）

お茶の時間は楽しく、美味しく進んだが、疑問が生まれる時間でもあった。

第三章　雪の夜に

一日ごとに、冷え込みはどんどん深まっていった。

年が明けて一月だ。もうお正月も終わり、会社もとっくに再開している。

お正月、怜はこの家と、姉の家で過ごした。

陽希は「すみません、実家に帰らないといけなくて」と数日、帰省していた。

親が健在ならば、普通のことだ。少し寂しくも、怜はそのまま受け入れて「ご家族とゆっくりされてくださいね」と送り出した。

だから陽希が帰ってきたときには、とても嬉しく感じてしまった。そのくらい、一緒に暮らすのが日常になっていたのだと思い知らされる。

そんな少々せわしない新年から、一ヵ月弱が経った頃だ。

「わぁ！　こんな雪、久しぶりに見ました」

昨夜から気配は感じていたが、朝、カーテンを開けて、怜は目を真ん丸にした。

ベランダも、眼下の街中も、真っ白になっている。さらに、空からも雪がしんしんと降っていた。

「本当ですね。ここ数年、暖冬でしたから」

近付いてきた陽希も、感嘆したようだ。すぐ後ろまできて、距離が近くなる。感じられる気配に、怜の胸は軽く騒いだ。気持ちを自覚してから、どうも事あるごとに胸の中が反応してしまう。

それはともかく、目の前の雪だ。今日は平日。仕事がある日だけど……。

「これじゃ、出勤できそうにないですね」

陽希がスマホで天気予報を見て、眉を寄せた。まだ降り続くと出ていたのだ。

「電車も止まっちゃったみたいですし、車も……危ないですよね」

怜もスマホで調べたが、当然、電車はすべて止まっていると情報が出ていた。

車なら動けなくもないだろうが、東京に住んでいては、雪道に慣れていない。無理に運転するのは危険だ。

その旨を会社に連絡しようと思ったが、その前に一斉連絡があった。

『本日は休み。危険だから、出社しないように』

そのようなメッセージが届いて、不意な休日になってしまった。

「家でゆっくりしましょうか？　雪遊びというわけにもいかないですし」

陽希がちょっとふざける口調で言った。怜はつい、笑ってしまう。

「ええ。冷えそうですからね」

二人とも東京出身なので、雪にはそれほど馴染みがない。素直に、家の中で過ごすことにした。

「でも予定がない休みの日なら、怜さんと遊びに行きたかったです」

レースのカーテンだけを引きながら、陽希がやや唐突なことを言った。

「ああ……確かに。お出掛けというのはしたことがないですね」

思えばそうだった。一緒に暮らしていても、遊びに出掛けたことはない。

車に乗せてもらったことはあっても、出社や買い物だったのだ。

でも……。

(陽希さんと……お出掛け。二人で……)

想像して、ちょっとドキドキしてしまった。それはデートといえるだろう。

(いやいや、遊びに行くのがデートなんて、短絡的すぎるから)

慌てて自分の思考を打ち消した怜だった。その間に陽希は部屋の棚へ向かい、そこからなにかを取り出してくる。

「でも外に出掛けるだけが遊びじゃないですからね。どうです？　ひとつ」

笑顔で差し出されたのは、タブレット端末だ。起動して、並んでいるアプリを見て、怜は陽希の言葉が指している『遊び』を理解した。

暖房の温度を少し上げてから、二人はテーブルの前に座った。向かい合う形だ。

「こういうこと、しばらくしたことがなかったです」

そっと画面をタップしながら、怜は明るい気持ちだった。

画面ではトランプのカードが裏面の状態で、ずらりと並んでいる。一枚をタップしてめくり、少し考えてからもう一枚をタップする。

出たのは違う数字だった。カードはそのまま裏側に戻る。残念、と思った。

同じ数字を合わせてカードを取るゲーム、『神経衰弱』。

ひとつの端末で向かい合ってプレイする形は、実際にカードを並べているような感覚で、わくわくした。

「大人になるとあまりやらないですよね。俺は子どもの頃、よく茉希とやりました」

次は陽希がめくる番だ。懐かしそうに話しながら一枚、タップすると怜がさっき出した数字が出た。

もちろん陽希はさっき怜が出した場所をタップし、数字が一致する。取られちゃった、と思いながらも、この駆け引きが面白い。

「私もですね。そう……子どもの頃、お姉ちゃんと両親とよくトランプをしました。遊びすぎて、カードがぼろぼろになっちゃって……」

怜の瞳は懐かしそうな色になった。

あの頃は楽しかった。なにも心配なく、日々は続いていくと信じていた。

実際、大学生のとき、両親の自動車事故が起こるまでは、その通りだった……。

思い出して、胸の中は痛みに移り変わった。

どうやらその気持ちは顔に出たようだ。陽希が不意に、腰を上げる。

なんだろう、と見上げた数秒後。怜の体は、あたたかな腕に包まれていた。

怜の目が真ん丸になる。すぐ隣へ来た陽希に、抱きしめられたのだ。

「そのくらい……同じ時間を過ごせるのは、素敵なことです」

怜の体をしっかり抱き、陽希は噛みしめるように言った。声も、言葉も、怜の耳から、じわりと体に染み入ってくる。

「俺も、同じようにできたらいいなと思います。カードがぼろぼろになるくらい、一緒に過ごして、楽しいことをして……」

耳元で聞こえる声は、やわらかい響きを帯びていた。怜だけに向けられている言葉は、優しくて、でも少し張り詰めている。

「陽希、……さん……」

驚いたけれど、それより胸が熱くなる感覚のほうが強かった。とっさになにも言えず、名前だけを呼んでいた。

「頑張る怜さんは素敵です。仕事も、家事も、将来に向けてのことも……」

陽希の腕に力がこもる。怜を腕に捕まえ、守るように強く抱いてきた。

「でも、それじゃ疲れてしまうとも思うんです。そういうとき、俺が支えてあげられたら、と思うようになりました」

真剣な声が怜の耳に届く。熱がこもった、まっすぐな言葉だ。

もうわかっていた。陽希が伝えたいことも、どうしたいのかも。

怜が悟ったのを知ったように、そっと肩を押された。数センチ、離される。

陽希の顔が目にできた。真剣な表情で、視線には情熱が灯っていた。

そんな目で見つめられて、怜の鼓動は一気に速くなる。射貫《いぬ》かれたように、目が離せなかった。ただ、体が熱くなっていく。

「俺は一歳年下ですが、経験も積んで、もう新米でも子どもでもないつもりです。怜さんを支える力はあると自負しています」

そこで少し言葉を切った。そして、さらにはっきりと続けられる。

「俺と付き合ってください。怜さんと共に、これからを過ごしたいです」

強い意志のこもった瞳で怜を見つめ、言われたのは陽希からの特別な気持ちだ。

告白の言葉に、驚きは感じた。でも意外には思わなかった。

こう思ってもらえていたらいいな、と心の奥では願っていたからだ。

それが今、叶おうとしている。だが、怜の声はためらった。

「でも、……私は陽希さんに、なにも返せるものがないです」

そうだ。自分は家も親もなく、お金だって満足にない、不安定な存在だ。

どうしても引け目がある。甘えるだけになるようで、堂々と受け入れられない。

しかしその怜に、陽希は笑みを浮かべた。

いや、これは笑みではない。やわらかくてあたたかな、愛《いと》おしさからの表情だ。

「愛に見返りなんて求めるものじゃありません。それに俺は昔も今も、怜さんからたくさんのものをもらっています」

愛おしげに言われて、怜の胸は、どきんと跳ねた。あのときだ、とすぐわかる。

姉が訪ねてきたとき、陽希が話した想い出。あそこからきっと始まっていたのだ。

「今のこの暮らしでも同じです。美味しいご飯、居心地の良い家、それ以上に、共に過ごせることで感じるあたたかな気持ちも……。本当になにもないですか？」

穏やかに聞かれたのは質問の形だったけれど、怜の気持ちは察されていただろう。

言葉も、表情も、視線も、陽希から伝えられるすべてによって、胸の中が、じわじわ熱くなる。こんな素敵な捉え方と言葉をもらって、答えなんてひとつしかない。

このひとに惹かれている、と思っただけではない。

このひとと一緒にいたい。

考えるのではなく、胸の奥から湧いてきた。強い望みは、怜に勇気をくれる。

「私で……いいなら、喜んで」

だから答えた。ためらったのは、途中までだった。はっきり返事を言う。

そこで不意に、ぽろっと怜の頬になにかがこぼれた。

ぽろぽろと落ちてくるこれは、確かに涙だ。

なのに冷たくない。優しい温度を持っていた。

こんな涙が流れるのは、いつぶりだろう、と思う。

その怜の肩に、再び陽希の手が触れた。そっと引き、もう一度抱きしめてくる。

「ありがとうございます」

言われた声は、もう張り詰めていなかった。怜を包むような、優しい響きだ。

涙が落ちながらも、怜は手を持ち上げた。陽希の背中に回す。

しんしんと雪の降る音が聞こえる。だけど外の雪とは違っていた。

怜の心に降り積もるそれは、涙と同じ、あたたかな温度だった。


窓の外は白いまま、ゆっくりと時間が過ぎていった。

昼食を摂り、午後になり、お茶の時間が終わっても、過ごすのはリビングだった。

普段ならそれぞれの部屋にいることも多いのに、今日はなんとなく、近くにいたい気持ちだった。

もちろん、関係が恋人になったからだ。

それだけではなく、一緒にいる空気がとても心地良いから。

素敵な時間と関係だ、と陽希の肩に軽く寄りかかりながら、怜は穏やかに思った。

「怜さん、ずっと考えていたんですが……」

冬の早い日暮れが訪れて、カーテンを引いたあとに陽希が切り出した。なにか特別なことを言いたげな響きで、怜は不思議に思って陽希を見上げる。

その怜の隣へ座ってきながら、はにかんだ声で言われたこと。

「もうただの同僚じゃないんです。敬語はやめませんか？」

言われて、どきっとした。話し方からも、関係が変わるのだと実感する。

「そうですね、……あ、そうだね」

今までと同じように返してしまってから、はたとした。慌てて言い直す。

「じゃあ、恋人同士らしく、しま……しようか？」

続く言葉もはにかんだ。頑張って、普通の言葉遣いにしようとする。

怜の言葉は陽希に嬉しく思ってもらえたらしい。ふわっとした笑みが顔に広がる。

「うん。……改めて、怜さん。これからもよろしく」

改めて、なんて言うのが律儀な陽希らしい。だから次のことも、自然に出てくる。

「名前も『さん』はなくていいよ」

怜から提案したのはそれだ。もっと特別な呼び方だし、そう呼んでもらえたら嬉しいだろうな、と思った。陽希はちょっと目を丸くする。

「いいんで……いいの？　じゃあ」

数秒、空いた。その間に陽希の腕が伸びてくる。怜の体をやわらかく抱いた。

「……怜」

聞こえた名前は、今までよりも、ずっと特別に感じられた。

陽希の穏やかな声は愛おしげな響きで、怜を呼ぶ。

ずっとこうして呼んでほしい。呼べるような距離でいたい。

自然と怜の頬に笑みが浮かんでいた。花が咲くように、ほころぶ。

その気持ちに応えるように、陽希は怜の体を両腕で、ぎゅっと抱いてくれた。


夜になって、夕食を摂っても、雪の冷え込みは強くなるばかりだった。夜が更ける頃には、暖房の温度を高めにしても、冷えを感じた。

「そろそろ休もうか?」

お風呂も寝支度も済ませた陽希が提案した。少し早い時間だったが、寒い夜は寝てしまうに限る。

「それがいいね。明日、雪がやむかもわからないし」

明日は土曜日で、仕事は休みだ。天気も、予報では一応『晴れ』と出ていた。けれど、状況が実際どうなるかはわからない。寝坊はしないほうがいい。

「じゃあ、そうしよう。そうだ、怜」

まだ呼ぶようになって数時間しか経っていない呼び方で、陽希が声をかけた。

怜はくすぐったい気持ちで振り向く。しかし続いた言葉に驚いてしまった。

「今夜は冷えるから、俺の部屋を使ってくれ」

「えっ？　どうして？」

つい聞き返していた。確かに冷えるけれど、怜の部屋だって暖房は効いている。

だが、ちゃんと理由があった。

「俺の部屋のほうが空調の効きがいいし、布団もしっかりしてるんだ。怜が寒くて眠れないと困るから……」

優しい声で気遣われて、怜は感じ入った。幸せな気持ちが湧いてくる。

「駄目だよ。それじゃ、陽希くんが寒いでしょ」

だけど反論した。自分からも、少し変わった呼び方で。

あたたかい場所に、と言ってくれるのは嬉しい。

けれどそのために、陽希が寒い思いをするのは駄目だ。

互いに譲り合って、どちらも引かない状態になってしまう。

そして出た結論は、ひとつだった。

「あったかい……」

ふわふわの羽根布団にくるまれて、怜は心地良い息を吐き出した。

布団がしっかりしているというのは本当だった。上等だろう羽根布団は、軽いのに熱を逃がさず、優しく体を包む。

さらに、あたたかいのは羽根布団だけではない。

「もう……怜ときたら、大胆なんだから」

すぐ隣で、拗ねたような声がする。同じ布団に入った陽希だ。

言い方に、怜はつい笑みを浮かべていた。数秒、ためらったものの、そちらを向く。

「……だって、付き合ったんだもの」

恥ずかしかったけれど、言った。幸せなのだから、素直になるべきだ。

「そうだね。……怜」

陽希も幸せそうな声音に変わって、向こうからも動いた。怜に体を寄せてくる。

ベッドはダブルサイズなので、二人で寝ても余裕がある。

寄り添う形になったのは、狭いからでも、寒いからでもない。

くっついていたいから……くっつくのを、幸せだと思うからだ。

「怜の体のほうがあったかい」

腕を回し、くるむように怜を抱きながら、陽希はあたたかな吐息で言った。

怜も同じ気持ちだった。触れた体が優しい体温を伝えてくれるし、心臓が鳴っているのすら、わずかに伝わってくる。

鼻には清潔な石鹸の香りが感じられた。洗い立ての部屋着から、太陽のような匂いもする。どれも怜に心からの安心をくれた。

(こんなに安心できるのは、相手が陽希くんだからだよね)

その胸に耳をつけ、鼓動を感じて、怜の心に実感が溢れた。陽希でなければ、こうは感じられないとわかっている。

「怜」

ふと、陽希が名前を呼んできた。まるで怜の安心を感じ取ったようだ。

愛おしげな声に呼ばれ、怜は顔を上げた。視線が合う。

とくん、と心臓が跳ねた。薄明かりの中で見る陽希の瞳は、明かりよりもやわらかな色をしていて、怜の胸に熱を灯す。

吸い寄せられたように、目が離せなかった。ただ、とくとくと速い鼓動を心地良く抱えていた。

その怜の頬に手を添えて、陽希がそっと、顔を寄せてくる。

怜は自然とまぶたを閉じていた。口元に吐息が触れ、くちびる同士が触れ合う。

しっとりと合わせられたくちびるは、確かな体温を持っていた。やわらかな皮膚の感触と、その中にあるぬくもりが、怜の胸にそのまま流れ込んでくる。

どのくらい触れていたのかもわからない。初めてのキスは、怜の心も体もいっぱいにした。

それに一度では終わらなかった。

陽希が数秒、顔を引く。目を開けた怜と視線が合い、まるで気持ちが通じ合ったように、二人とも微笑になっていた。再びくちびるが重なる。

「……怜に触れてもいいかな」

何度目かのキスのあと、陽希が小声で聞いてきた。穏やかな響きの中に、熱っぽさが含まれていて、怜の胸も熱く震えた。

「……うん」

今も素直になるときだった。気持ちのままに、小さく答える。

小さく布の擦れる音がして、陽希が体を起こす。怜の上にくる位置になり、頭の横に手をついてきた。

「本当は、ずっとこうして触れたかったんだ」

真上から見つめられ、ちょっと切なげな声で言われた。

陽希はとても誠実だ。心から怜を大切にしてくれるのが伝わってきた。怜の胸に、ふわりと幸福感が溢れる。

「嬉しい……」

気持ちのままに答え、つい手を伸ばしていた。陽希の肩口に腕を回す。

甘えるようになった仕草に、陽希の表情も緩んだ。愛おしそうに怜を見下ろす。

「怜をなにより大事にする。今だけじゃなく、これからずっと、一緒にいたい」

誓うように言われて、再び怜の頬に陽希の手が触れた。今度は上の位置から、キスが始まった。そのキスはやがて、深くなっていく。

そのあとの時間は、幸せで満ち溢れていた。陽希の手は優しく、ときに力強く、怜に触れる。

「陽希……くん……」

熱くなっていく心と体で、怜は陽希を呼んだ。上がった呼吸すら心地良い。

「怜……？　なに？」

同じように荒くなった呼吸と、熱っぽい瞳で、陽希が呼び返してきた。怜は微笑になり、きゅっと陽希に抱きつく形になる。

「幸せだなって、思って……」

噛みしめるように言った言葉は、やわらかなキスで返された。

ひとつになった心と体は、怜をたっぷりと満たしてくれる。

これほどあたたかさを感じたことはない。胸の一番奥が、ぽかぽかしている。

このぬくもりは今夜、一晩だけではなく、この先もずっと自分の胸の中にある。

怜ははっきり理解した。胸に灯る優しい熱が、実感として教えてくれた。


ふわりと漂う香ばしい匂いに誘われて、怜はうっすら目を開けた。

これはコーヒーの香りだ。まだ覚醒したばかりの意識で悟る。

次に感じたのは、心地良くあたたまった布団の感触だった。やわらかで、軽い感触が体を包んでいる。

さらに、コーヒーではない香りも届いた。布団についている、陽希の香りだ。

石鹸と、普段の香水もほのかに混ざった、安心できる匂い。

それらの感覚から、怜は少しずつ目覚めていった。

そうだ、今朝は特別な朝だ。陽希と愛し合う仲になって迎える、幸せな朝。

でも陽希本人はいない。怜の横は空いていた。

(もう起きちゃったのかな……)

肘をついて、上半身を起こしながら思ったそれは、当たりだった。

タイミング良く、ドアの開く音がした。コーヒーの香りがさらに強くなる。

「あ、怜。おはよう」

トレイにマグカップをふたつ乗せた陽希が、怜を呼んできた。ドアを閉めて、近付いてくる。どうやら先に起きて、コーヒーを淹れてくれたようだ。

陽希もまだ部屋着のままで、上に毛布素材のローブを羽織っている。

朝の挨拶くらい、今までもしていた。だけど、今の「おはよう」は特別だ。

「……おはよう。陽希くん」

同じ気持ちで、怜も言った。花が咲くような笑みが顔に広がったのを自覚する。

挨拶のあと、名前も呼んだのは、確かめたかったから。

昨夜、深く愛し合ったのは現実なのだと。

「体は大丈夫?」

ベッドサイドまで来た陽希が気遣ってくれる。トレイはサイドテーブルに置かれた。

「うん。ありがとう」

嬉しいけれど、少し恥ずかしい。怜の返事ははにかんだ。それでも起き上がり、ベッドの上に座る。そこで、すぅすぅするような感覚が起こった。胸元を見下ろした怜は、違う意味で恥ずかしくなる。

部屋着のボタンがかけ違っている。ひとつずれて留めてしまったようだ。

昨夜のあのあと、冷え込むので着たのだけど、暗い中なのでかけ違えたらしい。

怜が部屋着を直しているうちに、陽希がブランケットを持ってきた。今度はしっかり着た怜の肩を、ふわりと覆ってくれる。

「はい。怜は砂糖だけだったよね」

次にマグカップが差し出された。怜は気を付けながら「ありがとう」と受け取る。

腰から下は布団に入ったままで、朝のコーヒータイムになった。陽希のほうは、ベッドの端に腰掛けて、なにも入れないブラックコーヒーを口にしている。

「雪、やんだみたいだよ。まだ完全に溶けてはいなかったけど」

「そっか。外には出られるかな」

熱々で、薫り高いコーヒーをゆっくり飲みながら、聞いてみた。先に起きた陽希は、ベランダから外を見てきたらしい。外の様子を話してくれる。

「大丈夫だと思うな。車も普通に走ってたから」

会話は何気なかった。でも交わす言葉も声も、やはり特別だ。
熱いコーヒーと、特別な会話に、怜はじんわりとあたたまっていった。

第四章　二人の蜜月

午前中は穏やかだった。朝食は陽希が作ってくれることになる。

「怜はゆっくりしていてよ」

そう気遣われたので、それに甘えて怜はソファに収まった。

陽希は明言しなかったけれど、昨夜、怜の体に負担をかけてしまったから、という理由だろう。考えるとだいぶくすぐったい。

キッチンからは、料理をする音が聞こえ、出汁の香りが届いてくる。怜に懐かしい記憶を呼び起こした。

ここに居候が決まる前の話だ。熱を出した怜に、陽希はお粥を煮てくれた。あのときも「熱があるんですから」と、ここへ座らせてくれたのだ。

陽希の優しさはまったく変わっていない、と実感し、怜の胸に幸せが溢れた。

窓の外は陽希が話した通りの様子だった。雪はまだところどころに積もっているが、昨日の夜に比べたら少なくなっていた。このまま消えそうである。

その風景に視線をやったあと、怜はずっとキッチンの様子を見ていた。

カウンター式ではないので、すべては見えない。でも少しは中の様子がうかがえるので、移動するときに見える陽希の姿を見つめる。それだけで心満たされた。

「お待たせ、怜。できたよ」

「ありがとう！」

やがて声がかかって、怜はゆっくり立ち上がった。返事をする声は弾む。

「全部任せちゃってごめんね」

声をかけながらキッチンに入った。陽希が軽く「いいや」と答える。

並ぶのはシンプルな和食だった。

白ご飯にお味噌汁。玉子焼きに焼き鮭。ぶつ切りの野菜は蒸してあるようだ。

「美味しそう！」

感動の声が出た。だって見た目と香りだけで、丁寧に、怜を気遣って作ってくれたものだとわかるのだ。

お味噌汁の出汁は、かつお節から取った日の香りだ。顆粒出汁《かりゅうだし》を使う日もあるのに。

それに野菜も普段なら生なのに、わざわざ蒸してくれたのは、サラダだと冷えるからだろう。そんな些細なことから気遣いが伝わってくる。

「上手くできたと思うな。あったかいうちに食べよう」

最後にお茶を淹れながら、陽希が微笑を浮かべる。朝食は丁寧に作られた優しい味で、特別な日の朝なのだと強く感じてしまった。

朝食後のお供は映画だった。今日は家事もお休み。

陽希の「映画でも流す？」という提案に、怜はすぐ一本のタイトルを挙げた。

それはある深夜、陽希が見ていた海外の映画だ。自然の穏やかな風景と、心落ち着くBGMを感じたくて、リクエストした。

映画を再生して、当たり前のように二人はソファで寄り添い、座った。隣同士というより、くっつき合うと言える位置だ。

怜の腰に腕を回し、軽く抱く陽希の体温が、怜にはっきり伝わってくる。昨夜、感じたぬくもりそのままだった。

「これはフィンランドのドキュメンタリーなんだ」

「森に生えてるのは、白樺《しらかば》の木。加工したお土産なんかも人気らしいよ」

「食べ物で人気のものだと……日本で馴染みがあるものならシナモンロールとか」

密着する距離で、陽希がいろいろと解説してくれる。怜はすべて興味深く聞いた。

「海外って行ったことないから、行ってみたいな」

陽希に軽くもたれかかりながら、怜は数秒、目を閉じた。今、画面の中にある風景の中に身を置く気分になってみる。

「そっか。じゃあ、今度行こうよ」

その怜に、陽希はさらっと答えた。怜のほうが驚いてしまう。

「今度!?」

気軽に口に出しただけなのに、まさか即、提案されるとは思わなかった。

「うん。来月下旬には気温もぬるむだろうし……それか春になってからでもいいね」

なのに陽希はにこにこと話を進める。行動力がありすぎる発言だ。

感嘆した怜だが、ちょっとおかしくなった。

「ふふ、陽希くんはアクティブだなぁ」

ちょっと茶化すように言ってしまう。陽希は苦笑になった。

「だって昨日言ったじゃないか。怜と外に遊びに行ってみたいって」

あのやり取りをしたのは、まだ昨日のことなのだ。今となれば、何日も前のことのように感じるのに。

「そうだね。……じゃ、どのへんがいいかな？　私は全然わからないから、お勧めがあったら教えて？」

そのあと陽希はたくさん候補を挙げてくれた。

飛行機で三時間ほどの、気軽に行ける台湾《たいわん》や韓国《かんこく》。

気候が温暖で過ごしやすく、親日でもあるハワイやグアム……。

怜にとってはどこも魅力的で、すべてに行きたくなってしまう。

でも同時に少し不思議に思った。ずっと候補がたくさん出てくるくらい、陽希は海外に詳しいらしい。それほど何ヵ所も旅行しているのだろうか。

しかしそれも個人の趣味だ。そう思って、怜はすぐに思考を切り替える。

「これから一ヵ所ずつ行こうよ。何年もかけたら、全部に行けるだろ」

迷う怜に陽希はそう言い、怜をもっと近くへ抱き寄せた。

「でも海外旅行より先に、お出掛けはしようよ。明日、空いてる？」

身近なところへ戻ってきた話題に、怜は考える間もなく頷く。

「うん！　どこに行こうか？」

話は具体的になっていく。穏やかな映画と共に、計画タイムになった。

その間にも感じられるのは、しっかり抱いてくれる腕の、確かな体温。すぐ上から届く、穏やかな声。

お出掛けもいい。でも、こうして二人、寄り添っているだけで幸せだ。

怜は強く噛みしめ、そっと陽希の腕に手を乗せていた。


翌日、日曜日は打って変わって朝早くから出掛けた。

陽希の車に乗り込み、雪もすっかり消えた道を走り出す。

今日、車が向かうのは他県のほうだった。数時間の、軽いドライブだ。

「海が綺麗だね」

神奈川《かながわ》方面へ走っているので、高速道路からは海が見えた。冬の海なので寒々しくはあったが、晴天のために波が輝いて美しい。

「海もいいなぁ。夏に行くなら、泳げるところへ行きたいな」

前を見ていた陽希も、怜の言葉に反応して希望を挙げる。

(行きたいところがどんどん出てくるな)

怜は少しおかしく思ったが、嬉しいことだ。二人でたくさんの経験をして、想い出を共有して、これから過ごしていくのだから。

「陽希くんは泳ぐの得意なの?」

「ああ。学生時代はちょっとしたもんだったんだ」

怜の質問に、陽希は大会で選手になったとか、賞を取ったとか、話していく。陽希は本当に得意なことが多いようだ。

途中のパーキングエリアでは軽い飲み物を買って、それをお供にドライブの時間は楽しく過ぎていった。


目的地に到着したのは、まだお昼前だった。大きな建物の施設は、水族館だ。

「水族館なんて久しぶりだよ！」

駐車場から建物へ向かう間にも、声が弾んだ。海が近いので吹き付ける風は冷たいのに、気にならないくらいわくわくする。

「俺もだいぶ久しぶりだな。県外の水族館は数年ぶりかもしれない」

怜の隣を歩く陽希も、同じく明るい声だった。

二人で建物に入ると、よく効いた暖房がほわっと身を包む。寒さは消えて、怜は安心してマフラーを外した。

「チケット、こちらでお願いします」

陽希が入場口でスマホを差し出す。どうやら電子チケットがすでにあるようだ。

怜は驚いた。てっきり今、買うと思ったのに。

「え、買っておいてくれたの？」

慌てて聞いたが、陽希は怜を振り返ってにこっと笑った。

「もちろん。すぐ入って見られるようにね」

あまりにスマートな言葉と行動に、怜は感嘆してしまう。準備ひとつからも、陽希が今日のお出掛け……デートをどんなに楽しみにしてくれたかが伝わってきた。

「ありがとう。でもお金はあとで払うよ」

ほわっと笑みが浮かんでいた。支払いに関しては陽希と軽い押し問答になったが、それすらも楽しい。ゲートをくぐり、館内へ進む。

水族館は大抵そうあるように、中は薄暗かった。

気を付けて歩かないと、と怜が思ったとき、するっと手になにかが触れた。

あたたかい手に握られて、どきん、と胸が高鳴る。つい陽希を見ていた。

「足元、気を付けて」

いつもの穏やかな笑みで、陽希は怜を見つめる。怜の心拍が急に早くなってきた。

そうだ、今日のこれはデートなのだ。それなら手を繋いでも自然だ。

でも外で恋人同士として過ごすのは、なにしろ初めて。だいぶ照れてしまう。

「大丈夫だよ。薄暗いし……」

しかし陽希は少し誤解したようだ。怜が周りを気にしていると思ったらしい。

「あ、ううん！　違うの」

なので怜は、焦って訂正しようとした。陽希を見上げ、はにかみつつも言う。

「その……初めてだから、ちょっと照れるな、って……」

口に出すのは恥ずかしい。でもいい意味での反応だと、わかってほしかった。

怜の返事に、陽希は目を丸くした。その瞳はすぐに、ふっと優しく緩む。

「そっか。怜はかわいいな」

その眼差しで言うので、怜の頬は今度こそ燃えた。かわいい、と言われたのはどのくらいぶりだろう。好きなひとにこう言われるなんて、最上級の愛情表現だと感じる。

「あ、ありがとう……。ほら、行こ！　早く見たいよ」

言った言葉は明らかに照れ隠しになった。陽希にもわかったようで、小さく笑うのが手を通して伝わってきた。

「うん、行こう。順路はあっちだね」

同意した陽希も、怜の手をやわらかく包んで握ってくれた。

手を繋いで巡る水族館は、どこを見ても楽しかった。水槽の展示ではさまざまな海の生き物が見られたし、ペンギンやアザラシの暮らす大きな部屋もある。

「怜はどの生き物が好き？」

全面ガラス張りの大きな水槽の前で、陽希が聞いてきた。水槽では大きなエイが、ひらっと通り過ぎたところだ。

「みんな好きだけど……やっぱりイルカかな。流線型が綺麗だし、顔もかわいい」

少し考え、答えた。怜の挙げた理由に、陽希は笑みを濃くする。

「ああ、笑ってるように見えるよね」

それでショーの前に、イルカの水槽を見に行くことになる。

少し歩いて、水中の様子が見える水槽の前に着いたが、お客はほとんどいなかった。ちょうどショーをやる時間だから、みんなそちらに行っているようだ。

「水中で泳ぐ様子が見られるって、不思議な感じ」

水槽の前で立ち、怜はつい見入ってしまう。イルカは二匹しかいなかったが、水中を自由に動き回って、楽しげだった。時折イルカ同士でじゃれるようにしている。

「海の底にいるみたいだ」

同意しながら、陽希がそっと一歩怜に近付く。怜がどきっとしたときには、腕が触れ合う距離になっていた。繋いだ手も、手首までが合わさる。

「怜とこういう綺麗な水の中で二人きり、過ごせたら素敵だろうな」

陽希は二匹のイルカを見ながら、穏やかに言った。怜の胸は心地良く騒ぐ。

「私は水中でなくてもいいよ？」

陽希のほうを見上げ、微笑で答えた。陽希が怜に視線を戻し、軽く首をかしげる。

「陽希くんといられたら、どこでも……素敵だもの」

緊張と照れはあったけれど、やはりはっきり伝えたい。

怜の答えに、陽希は目元を緩ませた。ふわっと幸せが顔いっぱいに表れる。

繋いでいた手が、するっと離れた。でも怜が寂しく思う間もなく、腰に腕が回ってきて、軽く抱き寄せられる。

「そうだな。怜がいてくれたら、そこが一番素敵な場所だ」

怜の腰を抱き、自分に引き寄せながら陽希が言い切った。

水槽ではまだ二匹のイルカが楽しげに泳いでいる。お互いといるのがとても楽しい、と伝わってきて、陽希と怜に穏やかな幸せをもたらした。

その後は水族館のレストランで、食事を摂った。盛り付けも凝った料理に怜ははしゃいでしまったし、陽希はその怜を向かいでにこにこ見つめていた。

午後にはイルカショーに向かって、プールを華麗に跳ねるイルカたちを観賞する。陽希と隣同士の席で観るショーはダイナミックで、わくわくした。

「あっ、あんまり夢中になって、写真も撮ってなかった」

終わって、館内に戻るとき、やっと思い当たって怜は声を上げる。自分に驚いた。普段、素敵なものを見ればつい写真を撮るのに、今回は夢中になってしまった。写真に残すのも忘れるほどに、だ。

「大丈夫。俺が撮っておいたよ」

その怜に、陽希がにこっと笑ってスマホを出した。怜の心は、ぱっと持ち上がる。

「本当に！　じゃあ、あとで送って……！」

明るい顔で言いかけたのだが、不意に言葉は切れた。だって陽希が見せてくれたスマホの写真フォルダには……。

「ちょ、ちょっと！　なんで私が写ってるの⁉」

認識した途端、怜の声は焦った。確かにイルカやショーの様子も写っている。だけど怜の横顔が何枚もあったのだ。

写真の中の怜は、きらきらした顔で前を見つめていた。あまりに無邪気な様子でいるところを自分で見て、恥ずかしくなる。

なのに陽希は顔を赤くした怜に、さらっと言うのだ。

「だって、イルカもかわいかったけど、怜のほうがかわいかったから」

今度こそ、真っ赤になっただろう。反論もなくなる。

「俺がずっと見ていたいのは、怜なんだから。ちゃんと撮っておかないと」

赤くなって歩みまで止まった怜に、陽希はふわっと笑った。

そして再び手を伸ばす。怜の手を取った。

「……もう。陽希くんばっかりずるいよ」

怜の返事は膨れてしまう。それでもあたたかい手を、きゅっと握り返した。

「ごめんって。じゃ、次は二人で写ろう」

陽希も苦笑して、そう言ってくれる。そういうわけで撮ったツーショットを、怜はスマホの壁紙に設定した。いつでも寄り添っている二人が見られるように。

早めの夕食を摂ったあと、帰路に就いた。明日は普段通り、仕事があるからだ。

水族館を後にして、車に乗り込むときは少し寂しかった。

でも両手に持ったお土産と同じくらい、たくさんの想い出を作ることができた。

そんな想い出を、次のデートでもまた増やしていけるのだから、帰り道も悪くない。

車は都内へ向かって走り出した。はしゃぎすぎたようで、怜はなんだか眠たく感じる。暖房であたたかな車内も、眠気を後押しした。

「怜、聞いてほしいことがあるんだけど……」

そこへふと、陽希が切り出した。なんだか硬い声だ。

怜は不思議に思い、そちらを見た。運転席の陽希は前を向いていて、穏やかな顔をしている。なのに、その中で少し張り詰めたような色があった。

「うん？　なにかな」

もっと不思議に思いつつも、軽く聞き返す。だけど陽希の返事は数秒なかった。

「……いや、帰ってからにしよう。落ち着いてから話したい」

数秒後、陽希が静かに答える。どうやらなにか、改まった話のようだ。

「……うん。わかった」

それでも「今すぐ」と急かす必要も感じない。怜は素直に受け入れた。

その後は普通の話をぽつぽつとしていたけれど、怜の眠気は徐々に強くなっていく。

「疲れただろ。寝ちゃってもいいよ」

陽希がそう言ってくれて、悪いと思いながらも怜は眠りに落ちていた。

助手席のシートにもたれて、すぅすぅと寝息を立て始めた怜。

車はやがて高速から降りる。信号で停止した間、陽希は怜に視線をやり、穏やかなその寝顔を、どこか切なげな表情で見つめていた。


「ごめん、結局寝ちゃって……」

エレベーターに乗り込みながら、怜は軽く謝った。いつの間にか、ぐっすり眠ってしまったらしい。陽希に起こされたときには、すでに家に着いていた。

「構わないさ。それに寝顔もかわいかったから」

お土産の袋を両手に提げた陽希は、そう言ってくれる。けれどそれは……。

「と、撮ってないよね!? さすがに寝顔は恥ずかしいよ」

ショーのときの写真を思い出して、また赤くなった怜だったが、陽希は軽く笑って否定の返事をした。

「撮ってないって。運転してたんだから」

そんな軽い調子のやり取りをしながら、二人は七階まで辿り着いた。

しかし部屋のほうへ向かって歩き出して、怜は気付いた。

自室の前に、知らないひとがいる。黒いスーツの男性が、三名ほど立って、何事か話していた。

（お客さん……？　それにしては、変わった感じだけど……）

不審に思った。陽希の部屋に用があるようだが、思い当たるふしがない。

だが陽希の反応は違っていた。ドサッ、となにかが床に落ちる音がする。

怜は驚いて、陽希を振り返った。紙袋が取り落とされたのを見て、目を丸くする。

「陽希く……」

言いかけて、言葉は切れた。陽希は目を見開き、立ち尽くしていた。

状況はまったく不明だ。だけど深刻な事態であることだけは、一瞬で怜も理解した。

「陽希様。御父上の使いで参りました」

男性の一人が一歩踏み出し、陽希に向かって告げる。呼ばれたのは陽希の名前だったが、呼ばれ方はおかしかった。

怜ははっきり、眉を寄せる。陽希がどうして『様』付けで呼ばれるのだろうか。

「お前たち！　ここには来るなと言ったじゃないか！」

なのに陽希はその点を指摘しなかった。そのまま返答している。怜の混乱はさらに深まった。

しかしその様子は先ほどの比ではなく張り詰めていて、怜はびくりとしてしまった。

陽希は怜が驚いたのを察したようだ。腕を伸ばして、怜の肩に回した。

守るように肩を抱かれるのに、不穏な空気はまったくなくならない。

「ごめん、怜……驚かせたよな」

怜に向かって謝った陽希は、顔を歪めていた。申し訳ないと思う気持ちがはっきり伝わってくる。

「どうして押しかけてきたんだ！」

そのあとすぐ、男性たちに向かって言った。だが彼らは、動揺した様子もない。

「申し訳ございませんが、旦那様からのご通告でございます。不相応な交際を続けられるなら、ご実家に戻れとのことです」

さらりと言われて、陽希の声は悲痛になった。

「だからといって、こんなやり方はないだろう！」

陽希が叫ぶように言う中、怜はおろおろと周りを見るしかない。

「あの……これは……」

思わず呟いていた言葉に反応したのは、スーツの男性だった。

「突然失礼いたしました。我々は、結賀家使用人でございます」

慇懃《いんぎん》に礼をされたけれど、態度はどこか冷たい。しかしそれより重要だったのは、言われた内容だ。

結賀家。使用人。

怜には耳慣れない言葉だが、彼らは淡々と続ける。

「御父上のご指示で、陽希様をお迎えに参りました。陽希様は、結賀家……結賀グループのご令息でございますので」

言われた説明で、怜の息は止まった。『結賀グループ』と言われれば、思い当たる。

(結賀グループって……うちの会社のグループ……)

呆然と、頭に浮かんだ。

怜と陽希が勤める『株式会社 ネクティ』は別段、規模が大きくない中小企業だ。

だけど親会社は違う。子会社を何百も抱える、大企業である。

確かに陽希と親会社の姓は同じだった。だが珍しい名字というほどでもないので、気にかけたことなどなかったのだ。

（そこのご令息って……それってつまり……）

続けて思った。現実味などまったくない。

だが、こう説明されては疑う余地もない。戸惑った目で陽希を見るしかなかった。

「怜、すまない。……わかった、俺から父さんに話をつけにいく」

黙っていた陽希が一言呟いた。怜の肩を強く抱き、使用人へ返事をする。

「かしこまりました」

使用人たちは一歩引き、また慇懃な礼をした。

「先に行っていろ」

奥歯を噛みしめた様子で陽希が言った指示に、使用人たちは一応、満足したようだ。

先にエレベーターに向かって、去っていく。

「あの、陽希……くん……」

呆然と陽希を呼んだ。その怜に、陽希が笑みを向ける。

ただしその笑みは、酷く張り詰めていた。無理に笑ったのが明らかだ。

「驚かせて本当にごめん。すぐに戻るよ。それから話をしよう」

その顔で、陽希は怜の背中まで腕を回し、ぎゅっと抱きしめた。

優しいぬくもりだったのに、なぜか怜は余計に不安を覚えてしまう。

「……うん」

　でもここで言えることはない。素直に頷いた。

　やがて陽希はそっと怜を離し、エレベーターのほうへ向かっていった。怜は、フラフラと自室の鍵を開け、中に入る。玄関は真っ暗だった。

　なんとか鍵だけかけて、そしてその場に立ち尽くしてしまう。

　ここまでのことがすべて本当なら、陽希は結賀グループの令息……御曹司ということになる。でもそれはおかしい。明らかにおかしい。

（だって陽希くんは、『ネクティ』の社員じゃない……本当にご令息なら、どうして子会社で一般社員なんて……）

　考えてもわからないことだらけだった。それでも怜はなんとか自分を奮い立たせた。

（ううん、今はやめておこう。あとで話をするって言ってくれたもの）

　陽希の言葉を頭に浮かべて、落ち着こうとする。実際、できることはない。

　今は陽希の帰りを待つことだ。

　とにかくなにか飲み物でも飲んで、落ち着こう。

　そう思い、怜は電気をつける。お茶の準備をするべく、キッチンへ向かった。

　お茶を淹れて、ソファで飲む。スマホも見る気にならず、ただぼうっと過ごした。

陽希はなかなか帰ってこなかった。夜も更けて、二十一時半を過ぎる頃、ようやく「今から帰るよ」とスマホにメッセージが届いた。

「ありがとう」

怜が渡したマグカップを受け取り、両手で包んだ陽希は微笑でお礼を言う。

時間はもう、二十二時半に近付いていた。

「甘い。あったまるな」

カップのココアをひとくち飲んだ陽希が、ぽつんと言う。隣に座っていいのかためらった怜だったが、陽希から、ぽんと席を叩かれた。よって、おずおずと座る。

「あの……」

言いかけたけれど、すぐ切れてしまった。なにから聞いたものかと思う。

でもその前に陽希が、そっとマグカップをテーブルに戻した。怜に向き直る。

「騒動にしてしまって、すまなかった。こんな形で知らせることになったのも」

眉をひそめ、心から申し訳ないと思っている表情だ。だから怜は軽く首を振る。

「ううん。なにか事情が……あるんだよね？」

怜の質問には、そのまま頷かれた。

「ああ。本当は、きみと交際を始めたから、俺から話すつもりだったんだ」

沈痛な面持ちで言われたのは、後悔だった。

怜はすぐに理解する。帰りの車で、言いかけていたことだ。

あのとき陽希は「落ち着いてから話したい」と言ったのだ。それほど、怜にきちんと向き合いたいと思ってくれたからこそだ。

それが帰宅後の騒動で壊れてしまった、という形なのを呆然と悟った。

そこから陽希の説明が始まった。怜はただ、膝の上でぎゅっと手を握って聞く。

「俺は結賀家の息子で……後継者という立場なんだ」

陽希は結賀グループ……旧・結賀財閥の長男。

怜も知っている通り、結賀グループは『ネクティ』のような子会社を何百も抱えている。その長男なのだから、陽希は、もちろん跡継ぎにあたる。

その陽希がどうして中小企業でしかない子会社で、一般社員をしていたのか。

それは『世間一般の生活や、教養を身に着けるため』なのだという。

陽希はまだ若い。跡を継ぐことや、本格的に経営の勉強をするより先に、素性を伏せて現場での経験を積むよう、親に指示されたそうだ。

それで子会社『ネクティ』に、一般社員として入社して、働いていた。

だが陽希もそろそろ勤めて三年が経つ。

いわば修行の段階を卒業して、親会社に戻る算段をしていた。毎週、実家に帰っていたのも、見せられない書類があったのも、そのためだ……。

ざっくりと言うと、このような内容だった。怜は一言も口が挟めなかった。

「『ネクティ』では、社長くらいしか俺の立場は知らない。だから同じ職場である以上、軽率に話していいことではないと、ためらって……」

そこまで言ったが、突然陽希が「いや」と呟いた。違うことを続ける。

「本当は、怜と距離ができてしまいたくなかったんだ。俺のことは、ただの同僚、後輩として見てほしかった」

そのときばかりは、陽希の視線が逸れた。痛みを堪えるような目になる。怜の胸もずきりと痛んだ。

陽希の言う通りだ。陽希が親会社の御曹司だと知っていたら、普通に同僚として接することができた自信はない。どうしても気を使ってしまっただろう。

でも陽希はそれが嫌だったのだ。自分との関係を大切にしてくれたからだ。

沈黙が落ちた。「ありがとう」も「そうだね」も、なにもふさわしくない気がする。

「だけど付き合うことになったんだ。きちんと場を設けて話そうと思っていた。……遅すぎた、のかもしれないけど……」

自嘲するように陽希は言う。

そんなことない、と怜は思った。ちゃんと話してくれるつもりだったことなんて、痛いほどわかる。でも今、不用意に口を挟んでいいのかためらった。

その間に、陽希が視線を上げる。目が合って、怜の心臓はどきっと高鳴った。

だけど良い高鳴りではなかった。むしろ、不安が生まれるような鳴り方だ。

「でも大丈夫だ。なにも変わらない。年度末までは『ネクティ』に所属する予定だよ。それ以上に、……俺は怜の恋人だ」

きっぱり言った陽希が、手を伸ばしてくる。怜の肩に触れた。

そっと引き寄せられて、怜は体の力を抜く。陽希に寄り添う形になった。

陽希の胸も、腕も、あたたかかった。今までとても安心できて、幸せだと感じられる体温だったのに、なぜか少し違って感じた。それがなんだか悲しいと思う。

「父さんと話をしてきた。いったん落ち着いたよ。だからなにも気にしないでくれ」

陽希はそう言った。怜にとって、安心できるような内容だ。

なのにこれもまた、安心なんてし切れない。むしろ不安は募るばかりだ。

「……わかった」

だけど怜の返事はそれだった。だって、ほかになにも言えない。

陽希だって本当は、怜が心から「わかった」と言える気持ちでないのは、理解していただろう。でも今の二人には、こうするしかない。

「本当にすまない。……もうお風呂に入った？　明日もあるから……」

陽希が最後にもう一度、謝り、そのあとは空気が変わった。なんでもない、今まで日常だったことになる。

やがて一日のルーティンが終わって、早めに寝ることになる。

今夜はそれぞれの部屋に分かれた。しかし一人になったがゆえに、怜はいろいろと考えてしまった。


（陽希くんが……身分ある、方……）

あたたかな毛布にくるまりながら、怜はぼんやり考えた。

陽希は「なにも変わらない」と言ってくれた。でもそんなはずはない。

年度末までは『ネクティ』にいるらしいが、そのあとは親会社に戻るのだ。きっと社長……いや、結賀家当主、代表取締役の父親から、将来のことを学ぶはずだ。

それなら、「なにも変わらない」わけがない。

そして、自分も「なにも変わらない」つもりでいていいわけがない。

(『不相応な交際』……って言われた……)

次に浮かんだのはそれだった。訪ねてきた使用人が言ったことを思い出したのだ。

言ったのは使用人でも、これはきっと陽希の父親の言葉だ。それなら父親から反対されている形なのだろう。

(……っ、わかってるよ……)

ぎゅっと目を閉じていた。毛布も無意識のうちに握りしめてしまう。

陽希が御曹司なら、自分はどこからどう見ても不釣り合いだ。

庶民だというだけではない。会社員として働いていても、負債を返済しているためにお金はないし、現在は居候で、身の上も不安定だ。おまけに両親ももういない。

そんな女性が、御曹司のパートナーとしてふさわしくないことくらい、子どもではないのだからわかる。だから言い返す言葉なんてない。

目の前にある現実や事実は、あまりに大きかった。

(不相応な交際って……陽希くんのせいじゃないよ)

泣きたい気持ちで思った。確かに自分を選んでくれたのは陽希だ。

だけど自分の持つ現状は、また別の問題だ、と怜は思った。

(足枷《あしかせ》になるのは、私のせいだ。そんなの……陽希くんを好きだからこそ、嫌だよ)

思考がどんどん悲しい方向へ向かっていく。でもこれが現実だ。

『身分差』なんてこの現代に、と笑い飛ばすのは簡単だけど、直面してしまえば、そんな軽い話ではない。

庶民なら『身分差』なんてないだろう。

でも旧財閥は別だ。跡継ぎや血筋を気にするのは当然である。それに……。

(この家……思い返せば、最初から『独り暮らしにしては広いし、生活感が薄いな』って思ったんだった)

毛布にあごまで埋まりつつ、思い出す。初めてこの家に招き入れられたときに覚えた、軽い違和感だ。

事情を知った今なら、わかる。独り暮らしは、庶民として暮らすためにしていたのだろう。実家に帰ることも多かったなら、生活感も薄くて当然だ。

でもこの部屋……いや、もしかするとマンション自体も、結賀家の持ち物なのかもしれない。跡継ぎの息子を、世間の適当な家に平気で住ませるとはあまり思えない。

それに、あのとき助けてくれた茉希だってそうだ。髪もメイクもネイルも、身なりは完璧に整っていたし、服もバッグも、最新作のブランド物。それで普通の女子大生であるわけはなかった。『お嬢様』だったからだ。

今さらながら、自分に対して「なんて鈍くて呑気だったんだろう」と歯噛みしたい気持ちになる。違和感は覚えていたのに、理由を考えもしなかったなんて。

だけど怜は知ってしまった。陽希と茉希、そして結賀家の事情を。

それなら、自分のするべきことはひとつだ。

(お金もだいぶ貯まったよね。なるべく早く入居できる家にすれば、きっと大丈夫)

思考は現実的なところへ進んできた。これが一番自分にふさわしいと思う行動だ。

だって、もう思い知った。

(やっぱり、私は陽希くんの障害にはなりたくない)

怜の出した結論は、それだ。

陽希のことを愛している。軽い気持ちで告白を受けたわけはない。

心から陽希を好きだから頷いたし、関係も持った。

甘い夜を過ごしたのはまだ数日前のことなのに、もう、遠い昔のように感じた。

でも、きっと十分なのだ。二人の愛が一夜で終わっても、あの夜が間違いだったはずはない。いい想い出になった。

確かな痛みはありながらも、その想い出を思い描いて、怜は決意した。

（だから関係もはっきりさせよう）

そのために、するべきことをする。ここまで陽希に甘えてしまう形でもあったし、はっきりさせるのは良いことだ。

……それが、彼を好きな気持ちの、最後の誠意だと思うから。

最後に思い浮かんだことには、じわりと涙が滲んで、枕に染み込んだ。


翌朝、まだ早朝から怜は身支度を整えていた。今日は月曜日で、普通に出勤しなければいけない。だけどその前に、したいことがある。

すべて片付け、最後にボストンバッグを手にして、リビングへ向かった。出勤用にしては大きなバッグに、怜の当座の所持品が、すべて入っている。

リビングの奥、キッチンには陽希がいた。簡単に着替えて、料理を始めたところのようだ。怜が入ってきたと見て、こちらへ顔を出す。

「怜？　今日、朝ご飯は俺の……、……！」

俺の当番、と言うはずだっただろう。しかし陽希の言葉は途切れた。怜の格好を見て、目を見開く。

「陽希くん。今までお世話になりました」

慌ててキッチンから出てきた陽希に向かい、強い決意で、ひとつ頭を下げる。

「怜、どうして……」

陽希が呆然と呟く。昨日、あれほど「なにも変わらない」と言ったのに、怜が決めたのはこの行動だ。混乱するだろう。

その陽希に向かって、怜は微笑んだ。無理をした笑みだ。

「私がこのままいたら、陽希くんの足枷になっちゃうもの。そんなことは、嫌なの」

怜の説明に、陽希は息を呑む。直後、顔が歪んだ。

「そんなことはない！　そんなふうに言うなよ……！」

苦しそうに陽希が絞り出した。それでも怜は続ける。

「私、陽希くんにあれほど想ってもらえて幸せだったよ。だから……」

その言葉は途中で途切れる。顔を歪めた陽希が腕を伸ばし、怜の肩に触れた。引き寄せ、強く抱きしめてくる。

「怜……！　俺は、きみを愛している。結ばれて、余計に強く感じた。これからも一生を共にしたいくらい想っている……！」

陽希の声も、抱きしめる腕も、必死だった。

なんとか怜に伝えたい。わかってほしい。その気持ちは痛いほど伝わってくる。

「足枷になんてならない。俺がさせない……！」

強く怜を抱きしめ、陽希はきっぱり言った。

本当はその言葉に甘えてしまいたい、と思う。怜の目元に熱い涙が滲んだ。

「ありがとう。そう言ってもらえて嬉しい……」

そう答えたけれど、そのあとに続くのは、受け入れの言葉ではなかった。

ここまで言ってくれる陽希が、このあとどう動くかは、なんとなく想像できる。

優しい陽希だから、怜を庇い、交際についてだって親を説得しようとするだろう。

でもそんなこと、陽希の幸せになるわけがない。親に祝福されない彼女なんて。

だから、言った。悲しいけれど現実であることを。

「だけど私の現状を考えると、結賀家にご迷惑しかないよ。負債もあるし、身の上も不安定だし……お父様もそこを気にされたんでしょう？」

怜の発言は、その通りだったようだ。陽希が再び息を呑んだ気配がする。今度は抱きしめられた体から、そのまま伝わってきた。

「怜……俺、は」

呆然とした声が届く。ためらう声に、自分の指摘は正しかったようだと、怜は想像した。きっと、これで終わりなのだ。

「陽希くんの幸せが、私の幸せだよ。陽希くんから無条件の愛をもらえて、そう思ったの。だから……私にも、あなたを大事にさせて」

声は意外と震えなかった。ちゃんと伝えることができた、と思う。

そっと身を引く。陽希の腕から離れた。

そうして、ぺこりともう一度、頭を下げた。

「お世話になりました。とても幸せな日々を……ありがとう」

立ち尽くした陽希に心からの挨拶をし、怜はかたわらに置いておいたボストンバッグを持ち上げた。一歩、引いて、きびすを返す。

「怜……！」

後ろから陽希の声が聞こえた。怜を引き留めたいという、悲痛な響きだ。

でもそれには応えられない。応えてはいけない。

怜は靴を履き、家を出た。急ぎ足で、部屋とマンションを出る。

駅までは近い。速足で歩けば、数分で建物が見えてくる。

そこでやっと怜は現実を実感した。涙がこぼれる。今度こそ、止まらない。

(陽希くんとずっと一緒にいられたら、どんなに良かっただろう。でも……)

頭の中に浮かびそうになる未練を、怜は、ぐっと手の甲で拭った。少しぼやけていたけれど、その視界で前を見る。

(もう決めたんだ)

再び歩き出した。駅へ入って、電車に乗って、まず向かったのは短期賃貸マンション。昨日の夜、申し込んでおいたところだ。

がらんとして、空虚な部屋だった。そこに荷物だけ置いて、いったん会社へ出勤して……その夜から家探しを始めた。

陽希の家にあった私物は再びまとめて、段ボールに詰めて、配送ラベルも貼っておいた。配送業者が取りに来る手配をしておいたから、もう到着している頃だろう。

陽希は戸惑うだろうが、そのままレンタルボックスへ一時的に送られる手配だ。

荷物も全部持ち出して、怜は新しい生活を始めた。

本当は最初からこうすべきだった生活だ。

すぐに見付かった小さなアパートで、怜の生活は再スタートを切った。

第五章　陽希の苦悩

「庶民の娘と仲を深めているようだな。自分の立場がわかっているのか？」

重々しい声で言われたことは、陽希の胸にずしりと落ちてきた。一面ガラス張りの壁の前から振り返り、陽希を見つめた父の表情は、逆光でよく見えなかった。

あの日……使用人がやってきて、陽希がいったん自宅に戻った日の出来事だ。

実家に帰り、父の元へ向かった。父は仕事部屋で作業をしていたようだった。

しかし使用人をよこしたのだ。陽希がやってくることは知っていただろう。

その通り、陽希がいきなり押しかけても動揺した様子はなかった。棚からなにか、書類を取り出していたところから向き直り、逆光になる位置で陽希を見据えた。

「わかっています！　でも俺は彼女を愛しています。不都合なんて……」

必死で言ったのに、発言は父に切って捨てられた。

「彼女のことを調査させた。小杉 怜。『株式会社 ネクティ』営業事務課所属……」

父が一歩踏み出し、デスクから紙を取り上げた。陽希は息を呑んでしまう。

紙は一枚ではなかった。何枚も綴られている。怜の事情や身の上を、どれほど詳しく調べられたのか。父が本気なのを、実感させられた。

「庶民で親がいないのはともかく、負債を抱えて、現在はお前の家に居候……そんな存在は、結賀家にふさわしいわけがない」

はっきり言われた言葉は、陽希の胸に突き刺さる。だらりと血が流れたのは、きっと心の奥だ。自分を罵られたようにすら感じられた。

「そんなの、ひとつも怜のせいじゃありません！」

きっぱり言った。だって本当だ。負債は親から引き継いでしまったものだし、家がないのも裏切りという不運に遭ったからだ。怜に非はまるでない。

「現実だろう。私が家長である以上、息子の相手に不釣り合いな女性は許さない。これ以上、我儘を言うなら、勘当してもいいんだぞ」

冷たく、据わった声で言われた。陽希の息が止まる。

『現実』と言われたことは、あまりに重い。だがすべて、直面している事実だ。

不釣り合い……勘当……。

両方にショックを受けたが、一瞬、ためらった。

勘当覚悟で「構いません」と言う選択もあっただろう。

だが親に勘当されるような男が、愛した女性を守れるのだろうか。

かえって、怜の負担になってしまうのでは……。

頭に浮かんだその危惧が、陽希をためらわせた。

そしてその隙に、父は「話は終わりだ」と、陽希を部屋から追い出した。部屋の前で、陽希は数分、立ち尽くすことになった。


ごくり、と飲み下したのは苦い記憶。口に含んだコーヒーよりも、苦く感じた。

白を基調としたスタイリッシュな内装のこのオフィスは、結賀グループが経営する企業・結賀コーポレーションの本社。就いていた業務が一段落して、廊下の長椅子で休憩する間、陽希はただ、手にしたコーヒーのカップを見つめた。

思い出した苦い記憶は、父とのやり取りだ。

あのとき、即座に「俺はほかのすべてを捨てても、怜を選びます」と断言できなかった自分を、どんなに悔やんだか。

勘当なんて、父だって本気だったはずがない。そんな重要なことがたった一言で決まるはずはないから、あとからきちんと話をできただろう。

なのに自分は言い返せなかった。

さらに、その翌朝、出ていく怜を引き留めることもできなかった。怜の決意は固いとわかった。心から自分を想い、幸せを願ってくれるゆえの気持ちだと理解している。

だけど……。

（きみを犠牲にした先に、幸せなんて、あるわけないのに……）

噛みしめるように思った。だがこんなこと、今、頭に浮かべても遅すぎるのだ。

今日のコーヒーは苦すぎる、と思った。よってもう飲まず、ただ、カップを握ったままになる。

結賀グループは父・陽義《はるよし》が九代目当主を務める元・大財閥だ。明治時代から続く名家で、主に呉服業で名と業績を上げて、成長してきた企業である。

現在は百貨店や商業施設の経営が軸となっており、海外への取引も多い。さらなる規模拡大も計画されているくらいに、順調な経営状況でもある。

その結賀グループの次代は、ちょうど十代目。節目の当主なのだ。

父の陽義は、実の息子を絶対に十代目当主にしたいと望んでいるのを、陽希も幼い頃からよく知っていた。

さらに自分としても、この家に生まれたからには「立派な十代目になりたい」と思い、学生時代から勉強を重ねたし、経営学も熱心に学んでいた。

この事情は確かに軽くない。一瞬で捨てるには、あまりに大きく、重たかった。

だけど、やはり。

（あのとき言い返せなかったのは、俺の弱さだ……）

陽希の胸の苦味は強くなるばかりだった。後悔が体の奥をむしばむ。

あれ以来、陽希は本社に戻される形になった。それで今日も本社オフィスでの業務に就いている。

「お前の身勝手な行動を許した私が考えなしだった。子会社になど、行かせる指示は間違いだったな」

苦々しく言われた言葉に、反論もなかった。

かといって、仕事を放り出し、怜を迎えに行くのもためらってしまう。

あのとき思ったことは、なにも変わっていないのだ。

すなわち、親に勘当されるような男が、愛した女性を守れるのかという点だ。

家のことに決着をつけなければ、また怜を不安にしてしまう。そんな迷いとためらいがある状況で会ってもなにも進まないし、さらに現在は時間もなかった。

予定よりも早く本社に戻されるなり、次から次へと仕事を与えられた。まるで、怜の元へ行く暇など与えない、といわんばかりだった。

よって今は目の前の仕事をこなすことで、時間も気持ちもいっぱいになっている。思考も行き詰まるばかりだ。

（このままで終わるわけはない……だけど、どうしたら……）

陽希の顔が歪む。ぎゅっとコーヒーのカップを握りしめた。半分ほど残っているコーヒーの水面が、まるで陽希の内心を反映したかのように、不安定に揺れた。


ひゅう、とビル風が冷たく陽希に吹き付ける。冬の終わり、まだ冷え込む季節には辛い風で、陽希はしっかりマフラーを巻き直した。

怜が出ていって、そろそろ一ヵ月が経つ。二月ももう終わりそうだ。

今日の午後は外回りに出ていた。上役に付いて取引先を訪問しに行ったのだ。

話は順調に進み、次回でまとまりそうだと上役も上機嫌だった。

そのあとはもう一件、客先に向かう予定だったのだが、途中で電話が入った。先方の都合で延期になってしまう。

ならば本社に戻って違う業務でも、と思ったが、それは上役からストップがかかった。まだチェックが済んでいないそうだ。

そのような事情で、まだ夕方前だというのに直帰になった。拍子抜けしてしまうような時間の空き方だった。

まだ明るいうちに仕事が終わるなんて、と陽希は開放的な気持ちを覚えた。

なにか好きなことでもして、気分転換しようか、と思った。

行き詰まっているのは確かだ。だが考え込むだけでは解決しないこともある。

それなら気持ちを晴らすのも一案かもしれない。

よって、陽希は家……連れ戻された実家だが、そこへ帰るまでの数時間、街中で過ごすことにした。しかしその途中、意外な相手に遭遇することになる。


「……あれ」

ひとまずなにか飲もう、と思って気に入りのカフェを目指していた陽希は、ある場所で足を止めた。通路の端で、ベビーカーを押したり引いたりしている女性がいる。

かたわらには、小さい子どもがいた。女性のスカートを掴んでいる。

「あの、大丈夫ですか?」

つい声をかけていた。どうも車輪がなにかにはまって、動かなくなっているらしい。

それなら少し手助けになれれば……。

軽い気持ちだったのだが、振り返った女性を見て、陽希は目を見張った。

「瑛さんじゃないですか!?」

やわらかな茶色の髪を後ろでくくり、怜とそっくりな目元の女性は、怜の姉・瑛ではないか。

「え、……あ、陽希さん？」

瑛のほうも、すぐ陽希がわかったようだ。同じように目を丸くした。

「ぐ、偶然ですね。……えっと、引っかかってしまったんですか？」

思わぬ再会に驚きつつも、ひとまず目の前の様子だ。陽希はベビーカーの前に視線をやった。見ればその通り、前輪が溝に落ちている。

「ええ、うっかりして……、あ、すみません」

戸惑っている瑛の前で、陽希はベビーカーの前にしゃがみこむ。前輪を掴んで、ぐっと持ち上げた。車輪は無事に溝から救出できた。

「ありがとうございます」

ほっとした顔の瑛にお礼を言われて、陽希も微笑になる。「いいえ」と答えた。

「光くん、だったよね。こんにちは」

続いて、男の子に声をかける。一度だけ、家に来てくれたとき会っている。

「こんにちは！」

覚えていたのか、もしくは陽希が名前を呼んだからか、光は警戒する様子を見せなかった。明るく挨拶してくれる。

「光、『はるき』さんだよ」

隣でベビーカーに乗せた荷物を直していた瑛が教えると、光は嬉しそうに「はるきくん！」と声を上げた。陽希も瑛も笑顔になってしまう。

「すみません、助かりました。光ももう、ほとんど自分で歩くので、ベビーカーのほうをよく見ていなかったようで……」

困ったように笑った瑛に、陽希も笑みを返す。

「なるほど。そろそろベビーカーも卒業なんでしょうか？」

「ええ。来月にはおしまいにしようかなと思っています」

そんな何気ないやり取りのあと、数秒、沈黙が落ちた。

「怜……、陽希さんのところを出ていったんでしょう」

やがて沈黙を破ったのは瑛だった。気が引ける、という顔で言われて、陽希の眉も寄る。どんな表情を浮かべていいのか、わからなかった。

「ええ。でも、俺のせいなんです」

「陽希さんの？」

陽希の返しを疑問に思ったようで、瑛は首をかしげた。

説明しようかと思ったが、ここでは、と思い直す。数秒だけためらい、陽希は道の先を指差した。

「立ち話もなんですので……お時間があるようでしたら、お茶でもいかがでしょう？」


入ったのはファミリーレストランだった。まだ夕食の時間には少し早いため、すぐに通してもらえる。奥の席に案内された。

「すみません、お気を使っていただいて」

光を抱え、子ども用の椅子に座らせながら、瑛は申し訳なさそうに言った。しかしそれには及ばない。

「いいえ。光くんも気軽に過ごせたほうがいいですから」

な、と声をかければ、光も「うん！」と元気良く答える。

飲み物と、光のおやつにもなる軽いスナックを注文して、話は始まった。運ばれてきたポテトをもぐもぐ食べる光を横に、瑛は陽希の話をすべて聞いてくれる。

「……なるほど。怜は昔から、少し頑固なところがありますからね」

瑛も、怜から事情を断片的に聞いたそうだ。困ったように話す瑛は、姉らしい様子だった。引っ越しのとき会って、そこで聞いたのだろう、と陽希は推察する。

「陽希さんとの……その、以前、と言っては失礼かもしれませんが、関係も聞きました。……大変な思いをされたことも」

ちらっと光の様子を確認して、瑛は言葉を濁らせながら言った。気を使わせてしまって、陽希のほうは苦笑いになった。大変ではなかった、なんて嘘はつけない。

「でも、あの……ここでお会いしたのもなにかのご縁だと思って、話しますが……」

そのあと、ためらった様子で瑛が切り出した。

「はい」

なにか、自分の知らないことを話してくれるようだ、と陽希は座り直す。

「怜は今でも、陽希さんのことを想っている、と言いました。私が事情を聞いたとき、『もう終わったことだから』とは言いましたが、はっきりそう言ったんです」

陽希の目は丸くなる。怜がそんなふうに言ってくれたなんて。

（ああ、でも、そうだ……）

疑う余地などなかった。たった数秒考えただけで、陽希は理解する。

怜はそういうひとだ。自分を思いやったから、離れる形を選んだ。

そういう、優しくて、思いやりに溢れた女性だ。

そしてそんな怜だから、好きになった。

陽希の反応を見てか、瑛は微笑になった。少し無理をした、という表情だが、確かに笑顔になる。話題は少し変わった。

「私、学生時代に両親を喪って、すごく後悔したんです」

「……後悔？」

唐突な切り出しに、陽希は怪訝な顔になる。

だけど瑛は表情を崩さなかったし、口調も変えなかった。

「もっと気持ちや感謝を伝えるべきだった、という後悔です。まさかこんな早くに逝ってしまうなんて思わなくて、産み、育ててくれたことも、私と怜に、幸せな時間をくれたことも。全部、伝え足りなかった、と思いました」

陽希はもう一度、目を丸くした。

親への感謝。伝えられなかった後悔。

喪って辛い思いをしただろうに、その辛さを乗り越えたからこそ、浮かんだ感情だ。

怜と同じ、なんて強い女性だろう、と感じ入ってしまう。

「でも怜と陽希さんは、今も同じ世界に生きています。だから、……今からでも、伝えることや、できることはあるんじゃないですか？」

静かに続けた瑛。とても優しい言葉だった。それに大切な気持ちだから、笑みで伝えたい、という思いも、痛いほど陽希に伝わってきた。

「怜もこの件について、後悔や思い残しがないとは思えません。陽希さんだって……急に決意されて、離れられて、その場で適切な対応ができるとは限らないでしょう。なにか伝えたいことはあるんじゃないかな、と思いました」

的確だった。陽希の胸にまっすぐ飛び込んでくる。

そうだ、自分は怜に伝えたい。

怜を犠牲にした幸せなんてないということ。

本当は離れたくなんてなかったということ。

そして、近くにいられなくなった今でも、愛しているということ。

全部、伝えたいと思う。

この願望は、まるで自分の中で凍りついていたようだ、と思った。

自分の蒔いた種だから、と後悔ばかりに囚われていた。

でもまだ足りない。なぜなら、自分の中で一番の不安材料が解決していないからだ。

『勘当されるような男が、愛した女性を守れるのか』

陽希にとってはあまりに大きく、重かった悩みだ。

それについては、行動するとなればひとつしかない。

『自分を縛るものすら乗り越えて、愛した女性を守れる男になる』

これである。

瑛からの言葉で、陽希は自分の気持ちと、足りないものを自覚した。

「……その通りです」

静かに肯定した。噛みしめるような口調になる。

「ありがとうございます。怜に伝えたい気持ちがたくさんあります。そして、そのためにしなければいけないことがあります」

陽希の言葉と言い方に、気持ちが少し変わったと伝わったようで、瑛の笑みが安堵になった。

「少しでも参考と力になれれば、私は嬉しいです」

少し違う微笑になった瑛に、陽希はもうひとつ、心を決めた。

「瑛さん。怜と瑛さんの負債を、俺に返済させてほしい……と言ったら、ご迷惑でしょうか？」

今度は迷いなどなかった。瑛を見つめて言う。

「陽希さんが……？」

だが瑛にとっては意外な言葉だろう。戸惑った様子になった。

これはずっと陽希の心の奥底にあった考えだ。

でもためらいがあって、怜本人にも言えなかったことだ。

「『ネクティ』で稼いだ、俺個人の貯金があるんです。それを使えば返済は可能です。でも……」

陽希の説明を、瑛は息を呑んだ様子で、それでも黙って聞いてくれる。だから視線を逸らさないままに、続けた。

「俺は怜と瑛さんが、返済をずっと頑張っておられるのを見てきました。なのに俺が横からお金の力で解決しようとするのは乱暴だし、その気持ちに背くのではないかと、ためらって……」

陽希の父が気にした点に『怜の持つ負債』がある。

だからそこを解決できれば、ひとつ乗り越えられる形になるのだ。

でも怜と瑛は何年もの間、二人きりでずっと頑張ってきた。働きながら返済をするなど、並大抵の努力では成せない。真面目で、誠実だからこそできたことだ。

その気持ちを無にするようなことはしたくなかった。

でも、陽希に足りなかった点がひとつある。

それは『怜と瑛の気持ちを聞く』である。

この件については、あくまでも怜と瑛の気持ちが一番だ。

「でも、まだ遅くはないんですよね？　瑛さんのお気持ちとしては、どうでしょう」

声音は静かになる。瑛が大切なことを教えてくれたから、今、こうして聞けた。

瑛はすぐに返事をしなかった。視線を落とし、数秒、考える様子になる。

もちろん即答できるはずはない。だから陽希も促さず、ただ、待った。

たっぷり一分以上は経っただろう。不意に瑛が手を伸ばした。

それまで良い子でおもちゃをいじっていた光に触れる。軽く髪を撫でた。

光が不思議そうに顔を上げる。瑛は光に向かい、微笑んだ。

そのやわらかく、優しい視線だけで、陽希は瑛の答えを理解する。

やがて陽希に向き直った瑛は、陽希が想像した通りの返事をした。

「それが陽希さんの、怜に対する想いと誠意なら、私のほうは有難くお受けしたく思います」

口調は静かだったが、きっぱりしていた。陽希にとっては解決へ一歩進む返事だったが、まだもうひとつある。瑛もそれについてを続けた。

「ですから、最後の答えは怜に聞いてください。引っ越しなどで、返済は一時的に待ってもらっているんです。ちょうど良いかと思います」

優しい返答に、陽希は両膝に手をついた。深々と頭を下げる。

「ありがとうございます」

自分が怜を想う気持ちも、誠意も、肯定してもらえた。心からのお礼だ。

「すぐにはならなくても、怜ときちんと話します」

顔を上げて、瑛を再び見る。決意を口に出した。

怜と話をする前に、解決すべきことはまだまだある。

だけどその一歩は踏み出せた。必ずやり遂げる決意が陽希の胸を熱くした。

「そう言っていただけると嬉しいです。……すべてあるべきところへ収まったら」

瑛の視線はもう一度、光に向く。慈しむような視線で見つめ、陽希に向き直った。

穏やかになった声で、言ってくれる。

「また怜と一緒に、光と遊んでください」

瑛にとって、最大の受け入れの印だった。陽希の答えは決まっていた。

「もちろんです。……光くん、また遊んでくれるか？」

「うん！　あそぼ！」

陽希の質問に、明るく答えた光の満面の笑みが、教えてくれる。

きっと上手くいく。すべてが正しい形に収まる、と。


実家の廊下をまっすぐに行く。かつかつと立つ足音に、もう迷いはなかった。

突き当たりにあるひとつのドアの前で立ち止まる。すぅ、と息を吸った。

そして手を持ち上げ、コンコン、とノックをする。

「父さん。陽希です」

中から返事があったので、名乗る。数秒、間があったあと許可が返ってきて、陽希はドアを開き、中へ踏み込んだ。

「話があります。今、よろしいですか」

硬い声と表情で、陽希の父は悟っただろう。陽希の気持ちが変わった、と。

「ああ。なんだ」

同じく、硬い声が返ってきた。その顔を正面から見て、陽希は口を開く。

「怜とのことです。俺はやはり、怜を諦めることはできません」

もちろん父にとっては不満に決まっている。顔をしかめた。

だが反論の言葉を待たず、陽希は続ける。

「ですが結賀家にとっては、俺の勝手である面もあるとわかっています。ですから、無条件ですべて呑んでくれとは言いません」

自分とて、ただ闇雲に突撃してきたわけではない。

気持ちは決めた。それを通す行動をどう取るかも、決めてきた。

「なにが言いたい」

父は不審そうな声で言った。条件を持ちかけられれば、警戒して当然だ。

だがひるみはしない。陽希は静かに指摘する。

「父さんが気になるのは、怜の持つ負債よりも、世間体ですよね？　そういった身の上を、親戚に話したくないのでしょう」

真正面から切り込む言葉だった。父は沈黙する。

「父さんは『子会社に行かせたのは間違いだった』と言いました。でも俺はそう思いません」

続く話は、少し逸れた。

そもそもの……怜と知り合い、惹かれ合うきっかけになった出向について。

あの件に後悔がないどころか、とても素晴らしいことだったと今は思う。

「怜との出会いだけではありません。同僚と打ち解けることも、一人で抱え込まずに仲間を頼ることも、チームワークも……大事なことをたくさん学びました」

瑛が初めて家を訪ねてきたとき、話した想い出がよみがえる。

怜の行動や心遣いで、陽希の心は大きく変わった。さらに、それをきっかけに自分から前に進むこともできた。『ネクティ』で得られたものは多すぎて、挙げ切れない。

「きっと本社では得られなかったことです」

静かに言い切った。陽希の気持ちは伝わったのか、父はただ、真正面から陽希の視線と言葉を受け止めて、聞いている。

「負債は俺が、責任持って返済します。怜を手に入れたいからではありません。俺は怜にたくさんのものをもらったから、少しでもその気持ちを返したいんです」

こちらは先日、瑛と話したことだ。

怜の了承はまだ得ていないので、勝手だと言えるのかもしれない。

でも怜なら頷いてくれる。陽希は確信していた。

自分が今度こそ気持ちを正しく伝えられたなら、彼女はきっと受け取ってくれる。

そういう、まっすぐな女性だ。

「今度、フィリピンでのテストマーケティングがあるでしょう」

急に事業について話題に出す。だが、聞いただけで父は理解したようだ。

「俺も営業部として参加する予定の展示会です。そこで……」

ぐっと拳を握った。腹の奥に力を込めて、決意を言葉にする。

「俺が営業部としてトップの成績を取れたら、俺を一人前の男……愛した女性を、すべての困難から守り抜く男になったと認めてください。絶対にやり遂げてみせます」

この要求に対する父の返事は、半ば予測できていた。

しかし急な話だ。その場で許可が出るはずはない。

正式に返答があったのは、三日後だった。

「わかった。やってみろ」

父の言い方はそれだったが、投げやりでも、諦めでもなかった。

今の陽希ならやれると、信じてくれたからこその許可だ。

父の期待も同時に感じ、そのわずか一週間後。

陽希はフィリピンへ旅立った。長旅になる飛行機に乗り込んで、遠くなっていく日本列島を窓から眺めながら、陽希は決意を新たにした。
もう揺らがない。今度こそ、怜をすべての不安から守れる男になってみせる。

第六章　授かった愛

怜が陽希の家を出てから、しばらく経った。寒さはゆっくり和らいでいって、あたたかな日が増えていく。

怜の日々も落ち着いていた。引っ越したのは古くて小さなアパートだったけれど、暮らすのに困らないくらいの設備はある。新しい家の生活にもすっかり慣れた。

あれから陽希は連絡してこなかった。

聞きたいことも、言いたいこともあるだろうに、電話もメールも一回も来なかった。

(きっと私の意思を汲んでくれてるんだろうな……そういう優しいひとだから)

怜はそのように推測していたし、現状では助かることだった。陽希に優しい言葉をかけられたら、揺らいでしまいそうな危惧がある。

職場で彼の姿を見かけることもなかった。気が引けて、ほかの社員にも聞けなかったが、部署が近いので、うわさは届いてきた。

急に辞めてしまったという話だった。優秀だったし、トラブルの様子もなかったのにどうしてだろう、とみんな困惑していた。

でも『辞めた』というのは正しくないだろうな、と怜はこれまた推測する。

結賀コーポレーションの本社に戻ったのだろう。

だって本来はそこで働き、跡を継ぐのが陽希の役目だ。年度末までここに所属を続ける予定が、少し早くなっただけである。

少しずるいが、安心した。顔を合わせても、無難なやり取りになったと思う。

でもそれではどうしても未練が湧く。陽希のことをそんなふうに扱いたくない。

よって怜は公私ともに心配なく、新しい生活に集中できた。

姉の瑛には会った。事情も話した。

驚かれたものの、瑛は怜の気持ちを受け止め、「そう決めたのなら」と前に進む手伝いをしてくれた。大変助かることだった。

引っ越しに伴い、出費が多かったので返済は一時ストップしてもらった。

その間にできるだけ稼がなければいけない。空いた時間にデータ入力の副業を少しだけしたりして、怜は着実に前へ進んでいった。

『怜さん、今度の日曜日、空いてますか？　近くまで行くので、お茶でもいかがでしょう？』

　ある日、茉希から届いたメッセージを見て、怜は顔をほころばせた。陽希との仲が終わってしまっても、茉希はこうしてたまに連絡をくれるし、会ったりもしていた。

　ちなみに怜が出ていってからしばらくして、茉希から謝られてしまった。

「お兄ちゃんに口止めされてて、家のことを今まで黙っていてごめんなさい」

　深々と頭まで下げられたので、怜はかえって恐縮した。

　年下の子に、しかも恩人である子に、気を使わせてしまった。

「いいえ。私こそ、気にもせず……知ろうともしなかったんです。ですから、茉希さんのせいじゃありません」

　そう答えた。茉希は「優しすぎますよ」と困ったように笑ったものだ。

　茉希とやり取りしても、陽希のことは話題にならなかった。ただ、女子によくある楽しい話だけだった。きっと茉希が気を使ってくれたのだ。

　女友達のような、ときには妹のような関係。

　怜はそう捉えていて、忙しい日々の中、茉希とのやり取りで心癒やされていた。

　ただ、茉希のほうは少し違っただろう。

　時折届く兄……陽希からの近況連絡を見て、怜を誘ってくれるくらいには、もう少し事情を詳しく把握していたといえる。

季節は過ぎ、桜の咲く頃が訪れた。世界はあたたかく、明るいのに、怜はここしばらく心も体もすっきりしなかった。

「お疲れ様です」

会社でのある日、昼休憩から戻った怜は、フロア内に声をかけた。

なるべく普段通りになるように言ったのだけど、近くのデスクに着いていた美桜には不審そうな顔をされてしまった。

「怜、顔色が良くないよ。なにかあった？」

顔を見られただけで察されて、心が痛む。美桜は細かいことに気が付く性格だし、怜もよく助けられている。でも今のこれは、ちょっと言いづらい。

「特になにもないけど……体調が微妙かも……」

怜の返事は濁った。休憩後にこんな様子なのは、明らかにおかしいだろう。

「そう……。ご飯は？」

この質問もちょっと痛い。返事はさらに歯切れが悪くなる。

「あんまり……食べられてないの」

怜の正直な言葉に、美桜は目を丸くした。

「食べられてないって、今日だけじゃないの？　どのくらい長くなの？」

強くなった口調で心配そうに言われて、怜はぎくっとした。

どうやら言い方を間違ったらしい。それに、言い方に気を配ることもできないくらい自分は不調なのだとも自覚した。

「だ、大丈夫、三日くらいだから……」

動揺して、隠すように言ってしまった。本当は、ほんのりした不調が一週間以上は続いているというのに。

そんな言葉を美桜が信じるわけもない。がたっと席を立った。

「医務室に行くよ」

ずばっと言われて、怜は焦った。休憩直後に出ていくのは申し訳ない。

「平気だよ、仕事上がりにでも……、……っ！」

辞退しようとしたのに、そのとき、目の前がぐらっと揺れた。どうやら長く立ち話をしていたから、貧血に近くなったようだ。

「怜！」

視界が一気にかすんで、暗くなる。美桜が呼ぶ声も遠くからのように聞こえた。体から力が抜け、バランスが崩れる。

でも床に倒れることはなかった。なにかに腕を掴まれて、怜は床にへたり込む。

座り込んでも、血の気が引く感覚はどんどん強くなる。はぁ、はぁ、と呼吸も荒くなってきた。頭がぐらぐらして、飛びそうな意識を必死で繋ぎ止める。

「大丈夫……!?」

美桜の声は、やはり遠く聞こえた。なんとかそちらへ視線をやる。

近くに膝をついた美桜は、心配と不安が混ざった顔をしていた。どうやら美桜が腕を掴んでくれたために、床に叩きつけられるのは免れたようだ。

でもお礼を言う余裕すらない。その怜の背中に、美桜の手が触れた。

「大丈夫、落ち着いて……ゆっくり息をして……」

手のぬくもりと優しい声が、怜の心に染み入った。なんとか息を静めようとする。

「うん、そう。そのまま……。……誰か！　担架を持ってきてくれませんか……！」

怜の背中を抱いたまま、美桜が声を上げた。

誰か倒れたのだと、フロア内に知られたようだ。その場がざわつくのを感じた。

数分で担架が用意されて、乗せられる。そのまま社内医務室へ連れていかれた。

「おそらく、三ヵ月頃かと思います」

心配そうな顔をした中年女医に言われて、怜は簡易ベッドの上で固まった。

あれから医務室に運ばれた怜は、すぐ医師の診察を受けた。

怜の話した症状や状況を聞いた医師は、どうやらそれだけで原因が想像できたらしい。いくつかの検査をするよう求められた。

十分少々で結果が出て、導き出された診断は、これ。

妊娠……三ヵ月……。

怜の頭は違う意味でぼんやりした。現実味がまったくない。

でも体調が悪かった原因は理解した。すべて妊娠の初期症状と不調だったのだ。

「少し気付くのが遅めでしたね。思い当たることはありませんでしたか？」

怜を思いやるような口調の女医に聞かれる。『思い当たること』は確かにあった。

「ええ……確かに生理が遅れてましたが、少し前にストレスが結構あったなと思うので、そのせいかなと思って……」

濁った声で答えた。だけど生理がないだけではなく、三ヵ月ほど前の件がある。

ここ半年以上、誰かと関係を持ったのは、あのときしかない。それなら父親は陽希ということになる。

「そうですか。ですがほぼ確実ですので、産婦人科にかかられてください。このあとのことを考える必要がありますから」

カルテを見ながら、女医は複雑な顔をした。配偶者も彼氏も、現在はいないと怜が話したからだ。伴侶がいない妊娠なら、手放しでは喜べないのが一般的である。

「……わかりました」

やはり現実とは思えない、と思いつつも、ぽつりと答える。

『このあとのこと』というのは、はっきり言ってしまえば、産むのか、おろすのかの二択だ。妊娠三ヵ月なら、すぐにでも決めたほうがいい。

だけど……。

診察と話が終わり、「少し休んでから帰宅するように」と言われたので、そのまま医務室で寝ることになった。怜はぼうっと天井を見る。

確かに関係は持って、避妊もしたけれど、避妊具を使えば絶対に妊娠しないわけではない。わずかながら、可能性はあった。

それでも、ここしばらく不調だった原因が判明したことで、気持ちは少しずつ落ち着いていった。体調不良から、よく休めていなかったので、眠気が湧いてくる。

その中で、ぼんやり思った。自分がどうしたいか、浮かんでくる。

妊娠したというなら、放棄はしたくない。

つまりは、産みたい。愛し合って結ばれた、陽希の子ならば、そうしたいと思う。

でも現実的に叶うのだろうか。

シングルマザーになるだけではない。お金に余裕もなく、助けてくれそうなのは姉だけだ。大変な育児や生活になるのは目に見えていた。

それに陽希の子ということは、御曹司の子、しかも公表できないシークレットベビーという立場になる。陽希の迷惑になったら、という心配以外にも、産まれる子もそれで幸せになれるのか、という不安もある。

（……今、考えるのはやめよう）

怜は思考をシャットアウトするように、目を閉じた。

今はまだ動揺のほうが強い。先に気持ちを落ち着けなければ。

そう決めれば、とろとろと意識は溶けて、数分で怜は寝入っていた。心身の疲れと不調で、ぐっすり寝てしまう。

気が付いたときには、ベッドサイドの椅子に美桜が腰掛けていた。

「もう夕方だよ。少し良くなった？」

穏やかに聞かれる。いつの間に、と思いながら、怜はなんとか口を開いた。

「うん……、あり、がとう……」

この日は美桜に家まで送ってもらった。翌日も一日、寝込んでしまったが、怜は確実に回復していった。


会社で倒れた、二日後。怜は自宅を訪ねてくれた美桜に事情を説明した。

もちろん美桜は驚いた。そもそも陽希との交際を話していなかったのだから。

まるで友達を信用していなかったようだ、と怜は謝ったのだけど、美桜は「そっか」と小さく呟いた。

「……ほかにも複雑な事情があると思うけど」

そのあとの言葉に、怜は目を丸くしてしまった。

「愛の証なら、良かった」

まだ無理をしたという微笑だったが、心から言ってくれたのがわかった。

妊娠に至る経緯にもいろいろある。だから、悪い意味での妊娠ではないどころか、愛し合ったゆえのもので良かった、と捉えてくれたのだ。

そして美桜のこの言葉が、怜に大きな気付きをもたらした。

(そうだ……愛の証なんだ)

今まで現実ばかりが頭にあって、思い至らなかったのを悔やむ。

でもそう思えたことで、怜の気持ちは少しずつ固まっていった。

その一週間ほどあと、怜は思い切って、産婦人科へ行った。もちろん妊娠は確定となり、次の診察で出産するかを決めることになる。

(私、やっぱりこの子を産みたい)

帰り道に寄った公園のベンチで、噛みしめるように怜は思った。

春の盛りだ。植わっている桜の花が頭上まで広がって、ひら、ひら、と時折、花びらが落ちてくる。とても美しかった。

(まるで幸せが私に降ってくるみたい)

薄桃色の花びらを浴びて、そう感じた。そのまま怜は視線を下に移す。

(大切な愛の証なんだ。神様が私に授けてくれた宝物だ……。それなら……)

まだ膨らんでなどいないお腹を見つめ、手をやった。軽く撫でる。

(それに陽希くんのプロポーズも、もうはっきり断ったんだから)

関係はすでに終わったのだ。だから陽希に迷惑はかからない。

心を決めた怜は、次の週に母子手帳をもらってきた。

そしてその足で瑛の家に赴き、「話があるの」と切り出したのである。


「……陽希さんの子……？」

怜が静かに話した内容に、瑛は目を見開いて、呟いた。

「そうだと思う。付き合ってたとき、関係を持ったの……そのときに、きっと」

怜の視線はまっすぐ瑛に向いていた。静かな硬い口調で説明する。

先ほど、光はまだ幼稚園だと聞いていた。だから少しゆっくり話ができる。

「……そう。決意は固いんだね」

事情も、怜の思考や決意も、すべて聞いたあと、瑛はぽつりと言った。

「うん。大切な愛の証だと思うから……このまま育てたい」

はっきり言い切る。瑛の対応は予想できたが、自分の気持ちは話しておきたかった。

「……わかった。じゃあ、私も協力する」

瑛が考えたのは、わずか数秒だった。顔をしっかり上げて、怜を見つめる。

真剣に考え、怜の気持ちも汲んでくれたからこその言葉だとわかった。

「ありがとう。お姉ちゃんには苦労をかけちゃうと思うけど……。それにお金もさらに、余裕がなくなっちゃうかもしれない」

怜の言葉は現実的なところへ移った。あとは必要な費用が一番の難題だった。

「そうだね。でもその間は私が少し頑張るよ」

それに対する瑛の言葉はとても優しかった。怜の胸が熱くなる。

「先方も『完済してくれるなら、ゆっくりでいい』って言ってくれてるし、事情を話そう。だから怜は、大切な命を優先して」

瑛は微笑になった。怜にいつでも寄り添ってくれる、一番近しい笑顔だ。

怜の胸の熱はもっと高まった。ぐっと喉の奥に込み上げて、溢れてしまう。

「……ありがとう……！」

甘える形になる。本当に、苦労をかけるだろう。

だけどきっと今は、甘えていい。姉として、唯一の身内として、ほかに替えられない大切な存在の瑛だから。一人で抱え込むほうが、叱られただろう。

「光にいとこができるんだね。私も嬉しいな」

涙をこぼした怜の肩を、瑛がそっと抱いた。陽希と違う意味であたたかく、優しい腕だ。怜はそっと目を閉じる。

大丈夫。無事に産めるし、きちんと育てられる、と確信した。

（だって私は独りじゃない。お腹の子も、お姉ちゃんも、……陽希くんだって）

関係が終わって、離れてしまっても、生まれて、宿した愛は変わらない。助けてくれるひとも、同じくずっとそばにいる。

姉がくれるぬくもりの中で、怜の涙はいつの間にか止まる。その表情は、穏やかな微笑に変わっていた。


季節はゆっくりと過ぎていった。桜が散って青葉になり、ぐんぐん成長していくように、怜のお腹の子も育っていった。

産む決意を職場にも伝えた。

とはいえ、シングルマザーになるのだ。堂々と言うのははばかられて、親しい仲のひとと上司くらいになってしまった。

その中でも美桜は、妊娠が判明した日にあれほど助けてくれたのだ。心から喜んでくれたし、胸に手を当てて堂々と言った。

「なにか言われたら相談してね。私の全力で、力になるよ」

ずっと一緒に働いてきた美桜の、あたたかな言葉は怜の胸に染み入った。シングルマザーに対して偏見があるひともいるから、味方がいるのは心強い。

夏の頃にはつわりが酷くて、会社を休む日も増えてしまったが、ちょうど仕事は閑散期だった。無理を言われることもなく、「体を大事にして」と言ってもらえる。

近年の暑さは大変厳しいので、外気に晒されるだけでも消耗してしまう。よって怜は、できる限り家で過ごした。体調のいい平日はリモートワークで仕事に参加したし、買い物もネットスーパーメインにした。

瑛ももちろん気遣ってくれて、自分もパートや光の幼稚園、家のことで忙しいのに、一週間に一度は訪ねてくれた。連絡はもっと多かったくらいだ。

そのおかげもあり、怜の子は順調に成長していった。夏が終わる頃には、服の上からでもお腹の膨らみがわかるようになる。

「れーちゃんの赤ちゃん！　いつ会える？」

楽しみにしているのは瑛のほかに、もう一人。毎回わくわく聞いてくる光だ。

光は、訪ねてくる度に怜のお腹に触れたがった。子ども特有の鋭い感覚で、なにか感じ取っているのだろう。

「秋になって、涼しくなった頃かな。十月の予定だよ」

お腹に耳を当てる光の肩を撫でながら、怜は穏やかに説明した。

光にとっては、初めてのいとこ……身内の子どもになる。お兄ちゃんにも近い気持ちのようだ。光なら、きっとかわいがってくれる。

「お兄ちゃんがいてくれるみたいで安心だな」

そのまま言うと、光はきりっと顔を上げた。

「おにいちゃんになるよ！　よしよしする！」

きっぱり言うので、怜も瑛も笑ってしまった。和やかな空気で満たされる。

そんな日々が数ヵ月続き、やがて、残暑も引いた頃。

怜は瑛たちに付き添われ、病院で無事に子どもを出産した。


産まれて数日後。すやすや眠る女の子を抱く怜は、出産の疲労はあったものの、幸せでいっぱいだった。

夜を徹して、明け方にやっと産まれたときは、心から安堵したものだ。母子ともに健康で、その後の経過も良好らしい。

生まれてきた女の子は黒髪だった。頭髪はまだうっすらしていて、色しかわからないが、髪質も似ているだろうな、と怜は推測する。確かに陽希との愛の証なのだ。

腕に抱くと、確かな重みと存在が感じられて、しっかりあたたかい。

陽希の腕に抱かれた時間がよみがえるような、ぬくもりだった。

昨日、この子に名前を付けた。前から考えていたが、正式に届けを出した。

名前は『陽鞠《ひまり》』。

『陽』は、もちろん陽希から一字もらった形だ。

続く『鞠』は、響きの良さのほかに、『円満』という意味があると知って決めた。

平和に、心配なく育ってほしい。幸せな未来を掴んでほしい。

そんな気持ちを込めて、付けた名前だ。

(世界で一番大切にするよ)

夜中、陽鞠をしっかり腕に抱いて、怜は決意した。これからはこの子が自分にとって、世界で一番大切な存在になるのだ。だって……。

(陽希くんがくれた、幸せな時間の証だもの)

陽希との関係が終わっても、生まれた愛は、今も腕の中にあるのだから。

想像通り、子育ては簡単にいかなかった。初めての育児であるだけでも大変なのに、母親だけで育てるのは、やることも気を付けることも、非常に多い。

仕事はまだ当分休みだから心配はない。育児に集中できた。

瑛も三日に一度は訪ねてくれた。手が回らなくなりがちな家事を手伝ってくれたし、怜が育児に困ったときも的確なアドバイスをくれた。心強い支えだ。

それに、助けてくれるのは姉ばかりではなかった。会社の美桜はもちろん、学生時代の友達もよく連絡をくれたし、ときには訪ねてきてくれた。

気にかけてもらえるだけでも嬉しいのに、差し入れや出産祝いをくれる子もいて、怜は胸が熱くなってしまったものだ。

さらに、力になってくれるひとはもう一人、存在した。

「ひまちゃーん、ご飯ですよぉ」

すっかり寒くなった冬の日、台所からいそいそと哺乳瓶を持ってきたのは茉希だ。今日は大学が休みだからと朝から来て、手伝ってくれている。

「すみません、ありがとうございます。助かります」

今日は少し体調が良くなくて、と言ったところ、「それはいけません！」と茉希に座らされてしまったのだ。それで、てきぱきとミルクの支度までしてくれた。

「陽鞠、ミルクだよ」

茉希からちょうど良い温度の哺乳瓶を受け取って、怜は陽鞠を抱き上げる。口元に哺乳瓶を持っていった。

「美味しいかな？」

ゆっくりと飲み始めた様子を、茉希も覗き込んでくる。優しく、穏やかなその目元と視線はやはり陽希に似ている、と怜を懐かしくさせた。

「ごちそうさまだね」

やがて、一回の量をしっかり飲み終えた陽鞠の口元を拭いてやる。その後も茉希ときたら、さっさと哺乳瓶を台所へ持っていき、片付けてくれるのだった。

まったく、大企業のお嬢様とは思えない甲斐甲斐しさだった。

少し気も引けるのだけど、茉希から申し出てくれたのだ。

「私にも手伝わせてください！　とってもかわいいもの」

よって育児を伝授して、こうして手伝ってもらっている。

それに茉希自身が「今は時間があるので」と言っていた。

茉希は現在、大学四年生。あと数ヵ月で卒業だ。

しかし就職活動はせず、結賀コーポレーションで働くことにしたそうだ。父の強い希望と、本人も就職に関して、特に強いこだわりがなかったので決めたらしい。

つまりそのために、普通の大学生なら就職活動でドタバタする去年も今年も、怜に会って過ごす時間があったわけである。その点はやはりお嬢様だ。

陽鞠はお腹いっぱいになり、満足したようだ。怜の腕の中で、うとうとし始めた。

「眠くなったみたいですね」

居室はソファもない畳敷きなので、花柄の長袖ワンピースを着た茉希は、座布団なんて不釣り合いなものに座っている。にこにこと陽鞠を見つめていた。

「ありがとうございます、茉希さん。いつも本当に助けられて……」

怜は心からのお礼を言った。でも茉希はさらりと首を振る。

「いいえ。私にとっても姪になるんですし」

そう、認知はできないものの、茉希にとっての血縁で、姪という存在だ。かわいく思って、会いたくなっても不思議はない。

「そう言っていただけると、嬉しいです」

だから怜も穏やかに言えた。

陽希のことは、ここではあまり話さなかった。

事情は説明したものの、茉希は理解を示してくれた。今も、怜が『終わったこと』と扱っている気持ちを慮《おもんぱか》ってか、自分から話題にすることもなかった。

「妊娠したって聞いたときは驚きましたけど……こういうのも、愛の形だと思います。それに、繋がってるものはあるんですよね」

ふと、茉希が言った。怜は少し目を丸くする。同じように思ってくれるのだ。

「……はい」

返事は一言だけだった。そのやわらかな視線と声音で伝わっただろう。

(こんな素敵なひとたちの中で育つんだから、きっと幸せになれるよね)

すっかり眠り込んだ陽鞠をそっと布団に下ろしながら、怜は噛みしめた。

「じゃあ、ひまちゃんも寝たし、私はそろそろ帰ります」

布団に入って眠る陽鞠を見て、茉希が切り出した。

冬の早い日暮れも近付いている。早めに帰ったほうがいい。

「気を付けて帰ってくださいね」

玄関まで出て、見送る。茉希はブーツを履き、笑顔で手を振った。

「はい！　ではまた来週、来ますね」

それで玄関を閉め、怜は家事を片付けるために奥へ行ったのだけど……。

(良かった。ひまちゃんも元気に育ってる)

アパートの古いエレベーターに乗った茉希。見つめていたのは、スマホに表示された一通のメッセージだった。

『月末、小さい展示会に出るんだ。少し忙しくなるから、しばらくメッセージも送れないかもしれない』

兄・陽希から二週間ほど前に、届いたものだ。怜との話題にはしないけれど、兄との連絡は断っていない。きょうだいなのだから、断つ理由もない。

陽希が言っていたその『展示会』が、まさに今日のはずだった。海外だから多少、時間のずれはあるだろうが。

(お兄ちゃん、今、この瞬間も、海外で頑張ってるんだよね)

陽希のメッセージには『少し忙しくなる』とあったけれど、展示会なのだ。それも成果を出したいと思っている仕事のひとつだ。少しどころではなく、多忙だろう。

(話せなくてごめん。お兄ちゃんも……怜さんも)

ちょっとだけ茉希の眉が寄る。切なげな表情が浮かんだ。

謝りたいのは二人の両方に、だった。自分は双方の事情を知っているのに、きちんと話ができない。事情を知っているゆえに、だけど。

でも、そういう自分だからできることがある。今日、怜を訪ねたのもそのひとつだ。

（大丈夫。それまで私が見守ってるから。だから）

そのとき、チン、と音を立てて、エレベーターが一階に到着する。がたごとするエレベーターから降りて、茉希はエントランスへ向かった。

冬の夕暮れは早いけれど、まだオレンジ色の光が差していた。やわらかく、あたたかな光に、つい目を細めてしまう。まるでその光に照らされたように、思った。

（だから……絶対成功して帰ってきてね、お兄ちゃん）

第七章　きみを迎えに来た

寒さは日ごとに強まって、真冬になった。その真冬も終わり、再び春が来て……年月は飛ぶように過ぎていく。

あまりに早く感じたのは、もちろん陽鞠がいるためだ。怜の世界のほとんどは陽鞠で占められるようになった。

だが不満などない。だって、こうして常にお世話ができるのは今だけなのだ。

来年には、仕事に復帰する予定だった。そうすれば一日の半分は、保育所に預けることになる。今から寂しく思うくらいだ。

でも収入のことを考えると、それが現実的だ。稼がなければ暮らしていけないし、返済もなるべく早く再開したい。現実は厳しいものである。

ただ、一緒に過ごす時間がすべてではないと思っていた。陽希と過ごした時間がまさにそれだ。それ以上に大切なものだって、たくさんある。

自分のために、陽鞠のために、助けてくれる周りのひとのためにも。

精一杯頑張ろうと決意して、怜は陽鞠をなにより大事に育てていった。

それに陽鞠の成長は、惜しむ間もないほど早かった。ミルクだったのが離乳食になり、手足をばたつかせるだけだったのが、はいはいをするようになり……。母親である怜のほうが戸惑ってしまうほどだ。

夏の終わり頃には、つたないながら「ママ」と言えるようにもなって、怜はつい涙ぐんでしまった。

健康診断でも毎回問題はなかったし、身長、体重も順調に増えている。怜は診断結果を聞く度に、安心した。

ちゃんと育てられているのだ。元気に、健やかに育っているのだ。

父親がいない不安はどうしてもある。だからこうして、上手く育児ができていると実感できれば、強い安心を覚えられた。

厳しい残暑も少しずつ引いてきて、やがて陽鞠が生まれて一年が経った。

爽やかな空気の十月に生まれた陽鞠のお祝いに、大勢のひとが集まってくれた。

陽鞠本人はもちろん、状況が把握できずにきょとんとしていた。でも『とても素敵な日』というのはそのうち悟ったようだ。笑顔を見せるようになった。

みんなでごちそうやケーキを食べて、写真を撮って、贈り物までもらって……。賑やかで楽しい一日を過ごした。

だが、余韻に浸る余裕もなかった。

その数日後、怜の元にやってきた、あるお客によって。


「ありがとう、お姉ちゃん。こんなにたくさん」

受け取ったビニール袋の中には、緑色の豆がたくさん入っていた。さやのままのそら豆だ。怜の頬はつい緩んだ。

「職場でたくさんもらったの。今夜は豆ご飯にしない？」

にこにこした瑛が提案する。隣で光も「豆ご飯！」と声を上げた。

涼しい秋の午後、瑛と光が訪ねてきたところだ。怜は陽鞠と一緒に、アパートの駐車場まで迎えに出た。

自転車でやってきた瑛は、駐輪場の来客スペースに停めて、光を後部座席から下ろした。そのあと渡してくれたのが、ビニール袋いっぱいに入ったそら豆。

「お母さんがよく作ってくれたよね」

懐かしい想い出が、怜の頭をよぎった。怜や瑛がまだ学生の頃、料理上手な母は、ご飯もお菓子もたくさん作ってくれた。もう母はいないけれど、その母からもらったものは、今でもちゃんと怜と瑛、二人の中にある。

「うん。だから久しぶりに……、あれっ」

瑛も嬉しそうに話を続けたのだけど、不意に視線は別のほうへ向いた。

なんだろう、と思って怜もそちらを見る。一台の黒い車が、駐車場に入ってくるところだった。

「ああ、車だ。光、こっちにおいで」

瑛は単に『危ない』と思ったらしい。光の手を引いて、自分に引き寄せた。

でも怜にとっては、ただの車ではない。

黒の普通車なんてありふれたものだ。けれど自分はあれに乗ったことがある。

(なんで。今、どうしてここに……)

心臓がきゅっと冷たくなり、そのままばくばくと速い鼓動に代わる。誰がやってきたのか、一瞬で理解した。

やがて来客スペースに停まった車のドアが開く。運転席から出てきたのは、思った通りの人物だった。

「……怜」

紺色のスーツ姿で、呼んできたのは陽希だ。

顔を見るのも約二年ぶり、だろうか。まっすぐに怜を見つめるその顔立ちは、少し精悍《せいかん》になったように見えた。

だけどそれどころではない。怜はその場に立ち尽くす。

（どうして、ここに……）

同じことを頭の中で繰り返してしまった。そのくらい、予想外の事態だった。

「陽希さん⁉」

先に反応したのは瑛だった。驚きの声で陽希の名前を呼ぶ。

「はるきくんだ！」

次に声を上げたのは光だ。光が大人の事情を知るはずもない。無邪気に嬉しそうな声を出した。

「こんにちは、瑛さん、光くん」

怜が動けずにいるうちに、陽希が近付いてきた。四人の前で、立ち止まる。

「怜、驚かせてごめん」

陽希の視線は、まっすぐ怜に向いた。静かに言われる。

この言葉で、怜はやっと、ハッとした。どうやらこれは現実なのだ。

どうしてなのかはわからない。でもなにかしらの用事で会いにきた……。

「か、帰って！」

とっさに口から出た。守るように陽鞠をぎゅっと抱きしめる。

心臓が冷たく打つ。陽鞠のこと、わかってしまったらどうしよう、と不安と警戒が溢れた。

「急に押しかけて、本当に悪い。でも、話だけでも聞いてくれないか？」

陽希の様子は落ち着いていた。怜の反応は予測していたのだろう。

でも怜にとっては不意打ちだ。適切な行動など、すぐに思い浮かばない。

「話、なんて……」

二人の関係は終わったのだ。怜に思い当たる話題などなかった。

でも陽希はなにか話したいことがあるらしい。真剣な表情がそれを表していた。

「……怜。少し話してきたら？」

怜の肩に、ふとなにかが乗った。そちらを見ると、瑛が微笑んでいる。

無理をした微笑みだったけれど、なにかを伝えたいという笑みのように見えた。

言われて、怜の気持ちは揺れた。話すなら、ここでは無理だ。アパートの外で立ち話はできないし、家の中へも招けない。だからどこかへ移動しなければならない。

「でも、……」

ためらった。陽希の要求に応えていいのか、という危惧は消えないし、今、腕の中にいる陽鞠のこともある。連れていっていいのか、悪いのか……。

「陽鞠ちゃんは私が見てるから。鍵、借りていいなら怜の家で待つよ」

瑛の言葉も提案も、優しかった。寄り添ってくれる言い方と表情に、怜の気持ちは少し緩んだ。

今さら話すことはないと思っていた。でも拒絶しなくてもいいだろう。

だって自分の気持ちはもう決まっている。

自分と陽鞠の生活が一番で、守るべきもの。そう決めている。

それなら、少しだけ話して、本当に終わりにしよう。

そうすれば、陽希の気持ちも収まるだろうから。

「わか、……った。じゃあ、頼んでいい？」

ためらいつつであったが受け入れて、瑛に陽鞠を渡した。陽鞠は瑛の腕に収まる。

「瑛さんたちにまでご迷惑をおかけして、すみません」

その瑛に、陽希が頭を下げた。すまなさそうな声になる。

「怜、行こうか。一、二時間でいいから」

次に怜を振り返り、促す。怜は「うん」と言うしかなかった。

「じゃ、車に……」

二人で車に向かいかけたのだが、そこで違う声がした。

「はるきくんっ！　今度、遊ぼうねぇ！」

光の声だった。瑛の横で、ちょっと張り詰めた声で言ってくる。

聞いた怜は少し驚いてしまった。光がこのように言う理由がわからない。

以前、瑛と陽希、光がファミリーレストランで会ったときの話題なのだが、居合わせなかった怜は知るよしもない。

でもどうやら陽希にはなにか思い当たることがあるようだ、と感じた。

陽希は戸惑う様子もなく、それどころか自然な様子で片手を上げて、にこっと光に笑ったのだから。

「ああ。今度、遊ぼうな」


ちりりん、と涼やかなベルの音が怜と陽希を迎えた。連れてこられたのは小さなカフェだ。個人経営の店で、シックな印象の内装である。

すぐに窓際の席に通され、陽希は慣れた様子で怜にメニューを差し出してきた。

「なににする?」

革張りのメニューには、コーヒーや紅茶など、定番の飲み物が並ぶ。次いで、ラテがたくさん載っていた。確かにあたたかい飲み物が欲しくなる季節だ。

「じゃあ、……このティーラテにしようかな」

ざっと見渡して、怜は気になったものを指差す。

「わかった。……すみません」

陽希が頷き、ちょうど通りかかった店員に声をかけた。メニューを示して、ティーラテを二杯注文する。

その様子を向かいから見ながら、怜はなんとなく不思議な感覚を覚えた。

少し変わった気がする、と思ったのだ。

元々、丁寧で優しくて、それに頼れるひとだった。だけど二年ほど前、一緒に過ごしていたときの感覚とは少し違った。内心、首をひねってしまう。

(もっと強くなったっていうか……芯が通ったような……?)

飲み物は数分で来た。湯気を上げるティーラテには、葉の形のラテアートが施されていた。見た目だけで、丁寧に作られたのだとわかる。

「……美味しい」

カップを持ち上げて、気を付けながらひとくち飲んだ。怜の顔がほころぶ。

ラテは熱々で、ほんのり甘くて、紅茶のやわらかな味だ。

「良かった。気に入りの店なんだ。ラテが有名で……」

「うん。見た目も素敵だし、優しいお味」

あたたかな飲み物を口にして、少しだけ落ち着いた。同じものを飲む陽希にも、普通に答えられる。

「単刀直入だが、あまり時間もないよな。本当に、急に押しかけてすまなかった」

話はすぐに始まった。怜はカップをソーサーに戻して、聞く姿勢になる。

「ううん。なんの用事かな」

怜の声に、もう動揺はなかった。陽希なら軽率な気持ちでやってくるはずがないから、なにか大切な理由なのだ。

「今さらと思われても仕方がないが、怜と別れたときのことだ」

だが怜の眉根は寄ってしまう。その話なら、やはり答えは決まっている。

「それは……」

反論しかけた。でも陽希が「とにかく聞いてくれ」と遮る。真剣に言われるので、怜は口をつぐんだ。

「あのときは動揺して、すぐに正しい答えを言えなくて悪かった。後悔したんだ」

陽希の声は静かだった。でも沈痛な響きで、心から悔やんでいる様子だ。

「ああまで言ってくれた、怜の意思を尊重しようと思った。それに自分でも、家のことについて、どう向き合うのが最善か、悩んでしまった」

そのあと続いた前半は、怜が想像していた理由だった。

でも後半は初めて思い至ることだった。

結賀家の跡継ぎとして、即答できなかったのだという。

考えればその通り、重たすぎる理由だ。あの場で即決できなくて、当然だった。

なのに自分はいきなり、終わりにすると告げた。あれはもしかすると、独りよがりだったのだろうか。

動揺しかけたが、陽希の話はまだ続く。ひとまず最後まで聞くことにした。

「だけどきちんと考えたら、やはり諦めるなんてできない。今、こうして怜が目の前にいると、今すぐ抱きしめたい衝動に駆られるくらいだ」

正面から言われた言葉に、怜の心臓はどくりと高鳴った。体も、かっと熱くなる。

(今も……これほどまでに、想ってくれているなんて)

熱を持った陽希の瞳から、強い想いが宿った言葉なのだと実感させられた。

「実は今まで、フィリピンにいたんだ」

不意にまったく違う話題になって、怜は不思議に思う。どうして唐突に海外なのか。

その怜に、陽希は微笑する。

「仕事で大きなプロジェクトを担うことになった。海外への事業拡大と、そのための営業だ。営業部のリーダーとして職務に就いて……」

それを聞いて、怜は目を丸くしてしまった。

大きなプロジェクト。大企業の営業部リーダー。

どんなに重大な仕事と立場だったのか、それだけでわかる。

「でもそのために、日本でのことや、怜の事情を知ることが難しかった」

陽希の声は、不意に変わった。情熱的な声から、すまなさそうな響きになる。

「日本に帰ってきたのは、まだ先週なんだ。だけど怜に会う支度を整えている間に、茉希から聞いた」

どくん、と怜の胸が強く打った。動揺か、不安か、どれかだろう。

だって、このタイミングで茉希から陽希に伝えられる事柄なんて、ひとつだ。

「子どもができた、と。一歳になる頃だと……。もしかして……俺の子、じゃないだろうか？」

言葉はやはり、歯切れが悪かった。茉希からはそこまで聞いていないようだ。茉希ならありうる、と怜はどくどくと速い鼓動の中で思った。真実を知るなら、怜から直接聞いたほうがいい。そう気を使ってくれたはずだ。だけどその前の、『支度を整えた』とはなんのことだろう。

ただ、今重要なのはそれよりも、陽希からの質問だ。

怜は、ごくりと喉を鳴らしていた。言っていいのかわからないが、ほかならぬ陽希本人から聞かれている。それならごまかすほうがきっといけない。

「……うん。そう、だと思う」

急に渇いてきたように感じる喉から、なんとか答えた。

DNA鑑定などはしていなかった。

それでも、怜があのタイミングでほかに関係を持った男性はいない。だから確実に、陽希の子だ。

怜の肯定に、陽希の顔が歪んだ。切なげな、苦しそうな表情になる。

それで、どうするかと思えば急に、ばっと頭を下げた。怜は驚いてしまう。

「怜が妊娠したのに、長いこと一人で抱えさせてしまった……本当に悪かった」

深々と頭を下げて、謝罪される。だけど謝ってほしくて肯定したわけではない。

「や、やめてよ。決めたのは私、だよ……」

慌てながら、怜はなんとか言った。実際、その通りだ。陽希に伝えないのは、自分の意思で決めたことだ。だから陽希は知らなくて当然である。

なのにこうして謝ってくれる。頭まで下げて……。

なんて誠実で優しいひとなのか。

知っていたはずのことが、怜の胸に迫ってきて、ぐっと喉の奥に熱いものが込み上げた。でも泣いている場合ではないので、なんとか呑み込む。

「そうだけど、責任は俺にもある。……俺の子もいるとなれば、なおさらこのままでいいなんて思えない」

ぐっと、陽希が息を詰めるのが見えた。そして次の瞬間には、手が伸ばされていた。

怜の手が、陽希のあたたかな手に包まれる。違う意味で目が真ん丸になった。

あたたかな手。一時期は、これからずっと共にあると思っていたぬくもり。

それをまた、感じられるなんて。

そんな場合ではないのに、胸が喜びに湧いた。

「俺と結婚してくれ。もちろんあの子も一緒だ。怜と子どもと、家族になりたい」

はっきりと言われたのは、二度目のプロポーズだった。

一度目のときとはまったく違う。状況も気持ちも固めたうえでの言葉だ。強く伝わってきて、怜の体が発熱したように熱くなった。しっかり包まれたあたたかい手と、まっすぐな眼差しと、力強い言葉。すべてが怜の胸を震わせた。

だけど怜はまぶたを伏せた。これほど強く想って、求めてもらっているけれど、今は駄目だ。だって、自分の中にはまだ迷いがある。

「ありがとう。すごく嬉しい……」

歯切れ悪く答えた。それでも陽希は言い募らずに、怜の言葉を待っている。

「でも、私の状況はなにも変わってないいんだよ。陽希くんの立場と釣り合わないのもそうだし、負債だってなくなってない。完済していないどころか、出産と育児で返済を待ってもらっていて……」

言いながら、胸が痛んできた。涙がこぼれそうだ。

応えられたらどんなにいいだろう。

あのときすべて区切りをつけたつもりなのに、揺らいでしまいそうだ。

しかし、今度は陽希のほうが違っていた。迷っている怜を見つめて、続ける。

「怜が悩んでしまうのはわかっている。だから、すべて整えてきたんだ」

（整えて……？）

怜は疑問に思ったが、聞く前に陽希が続けた。

「フィリピンで仕事をしていた、と話しただろう。取り組んだのは、怜を守れるような、一人前の男になるためだ。だけどもうひとつ、大事な理由がある」

数秒、陽希が言葉を切った。

怜はそろっと、陽希を見る。強い意志が宿りつつも、陽希らしい優しい眼差しが、怜を見つめていた。

「プロジェクトが成功したら、怜を伴侶として迎えることを許してくれと、父に約束してもらった。……もちろん、怜の気持ち次第だけど」

穏やかに言われ、怜は目を真ん丸に見開いてしまう。

海外なんて遠いところへ飛んで、大変な仕事に取り組んでいたのは、共にいるという願いを叶えるためだったなんて。陽希のその気持ちが、怜の胸を強く打った。

「だから、怜が応えてくれるなら、もうきみを迎える準備はできてるんだ」

怜の手を、もう一度きゅっと握って、陽希は説明を終えた。遅ればせながら、怜の鼓動がどくどくと速くなってくる。

「……少し、考えてもいいかな」

ごくっと喉を鳴らして、答えたのはそれだった。猶予を求める言葉だ。

「大事なことだし、娘のこともあるし……よく考えたいの」

口に出せば、これが一番適切だったように感じた。

また勢いで行動してしまっては、あのときと同じになるかもしれない。

ちゃんと落ち着いて、時間も少しかけて、考えたい。陽希の誠意に応えるには、自分の気持ちがまだ追い付いていないと感じる。

「わかった。待っているよ」

怜の要望に、陽希は静かに答えた。待たせてしまうのに、不満な様子もない。

ただし、それだけでは終わらなかった。陽希の手が動き、怜の手をもっとしっかり、すっぽり包み込むように握った。確かな熱が伝わってくる。

「でも俺は、怜が嫌だと言わなければ諦めない。絶対にだ」

プロポーズのときと同じ、強い決意のこもった宣言だった。

怜の胸が再び、どくん、と強く高鳴る。陽希の気持ちも、決意も、どんなに強いものなのか、思い知らされた。

「それはわかっていてくれ」

もう一度、静かな響きに戻って、陽希は話を終えた。

そっと手を引き、怜の手から離す。あたたかく、守るように包まれていた手が離れて、急にすかすかした感覚が怜を襲った。

「……そろそろ行こうか？　送るよ」

やがて陽希は席を立つ。怜も慌てて立った。隣に置いていたバッグを手に取る。

そのままカフェを出て、陽希の車に乗り込んだ。

アパートまで戻る車の中は、ほとんど無言だった。

それでも居心地が悪くはなかった。すっかり夕焼けになった秋の夕暮れを、怜はただ、じっと見つめていた。

「ありがとう。……じゃあ、またね」

アパート前で、降ろしてもらった。なんと挨拶したものか迷いながらも、言う。

「ああ。待っているから」

陽希は短くそれだけ言った。すぐに車は走り去る。

見送ったあとも、怜はその場に数秒、立ち尽くしていた。

まだどうしたらいいかわからなかった。やはり猶予をもらって良かったと思う。

「ただいま……」

戻った部屋で、怜はなんとか笑みを浮かべて言った。瑛が心配そうに迎えてくれる。

「おかえり。大丈夫……？」

陽鞠を抱っこした瑛に、開口一番に言われて、不意に怜の喉奥になにかが込み上げた。こぼれそうな涙を、なんとか呑み込む。

「うん。また……改めて会うことになった。陽鞠のこと、ありがとう」

お礼を言い、陽鞠を腕に抱き取った。

「まーまぁ……」

陽鞠はあまり機嫌が良くないようだ。ぐずる声を上げ、怜にしがみつく。

「お昼寝したかったのに、寝付けなかったみたいでね」

陽鞠を怜に渡した瑛が、眉をひそめて言う。陽鞠は怜の不安や不穏を感じ取ったのだろう。不安にさせてしまったことに、胸が痛んだ。

「そっか。このあと寝かせてみるね」

もう一度、努力して微笑む。瑛が困ったように笑い返してきた。

「そうしてあげて。……光！　そろそろ帰ろう！」

それで奥に声をかけて、光を呼ぶ。帰り支度は整えていたようで、すぐに二人は帰ることになった。

「れーちゃん、ひまちゃん、またね！」

光もなにか、穏やかでないものは感じているようだ。しかしなにも言わず、挨拶して手を振った。怜も手を振り返す。

二人が帰っていくのを玄関から見送って、しっかり鍵をかけた。

そうしてからやっと、作った笑顔ではない表情が出てきた。顔が歪む。

胸が締め付けられるように痛んで、今度こそ、ぽろっと涙がこぼれ落ちた。抱っこした陽鞠の背中に、ぽたぽたと涙が落ちる。

（陽希くん……あれほどまでに、私を大切にしてくれる……）

陽希と話していたときに感じた感情が復活した。喜び、感動、悲しみ、切なさ……たくさん混ざって、名前がつかない涙になる。

（気持ちに応えていいのはわかる。でも……本当にいいのかな。甘えることにならないかな？）

陽鞠をしっかり抱きしめていた。あたたかな体温が体全体で感じられる。数十分前、陽希に包まれた手で感じたぬくもりと、よく似ていた。

「ままぁ……」

陽鞠からも、しがみついてきた。やはり不安なようだ。ちゃんと寝かしつけなければ、と思いつつも、怜はすっかり暗くなってしまうまで玄関にたたずんで、陽鞠をぎゅっと抱きしめていた。

それから数日。怜はぼんやりする気持ちで過ごした。

考えたいのに、思考がなかなか前進しない。あの日、帰宅して陽鞠を抱きしめて泣いたときから、ほとんど進んでいないように感じた。

瑛に相談しようかと思った。でもお願いする前に、瑛から連絡があった。

光が熱を出してしまったのだという。秋の日は寒暖差が大きい。そのためだろう、と瑛は話した。

そのために瑛とはしばらく会えなくなった。忙しいだろうし、それに瑛が風邪ウイルスを保持していないとも限らない。

大人では病気を発症しなくても、幼児にとってはわからない。陽鞠のためにも、会わないほうが無難だ。

このような経緯で、怜は悩みを独りで抱えてしまったのだけど、その気持ちはある日の来客によって、変わることになる。

「怜さん、こんにちは！　例のもの、持ってきましたよ！」

日曜日の昼下がりにやってきたのは茉希である。茉希が今年から入社した結賀コーポレーション本社の仕事も休みの日だ。

「ああ、ありがとうございます。上がってください」

約束をしていたので、怜はそのまま茉希を招き入れた。有名ブランドの紙袋を手にした茉希は、「お邪魔しまーす！」と上がってくる。

お茶を出したが、飲むのもそこそこに、茉希は袋から中身を取り出した。

「見てください！　かわいいでしょう！　ほとんど着てないそうです」

出てきたのは、白に花柄の入った幼児服だ。親戚のところで余っていたらしい。

茉希が「知人に合いそうな歳の子がいて……」と打診して、譲ってもらうことになった。怜としては、恐縮したけれど有難い。

「ありがとうございます。とってもかわいらしいです」

渡された服を手に取って、怜も笑顔になる。作り笑顔でない笑みは久しぶりだ。

「陽鞠、見てごらん。かわいいお洋服だよ」

興味を覚えたらしく、手を伸ばしていた陽鞠に、怜は服を広げてみせる。そろそろ好き嫌いが自分でわかってくる歳だ。陽鞠は服に触れ、嬉しそうな声を出す。

「気に入ってくれた？」

茉希はその陽鞠の肩を抱き、これまた嬉しそうだ。茉希の優しさに感じ入った怜だったが、なぜか茉希は怜を振り返った。

「怜さん、風邪でも引きました？　元気なく見えますけど……」

軽い不審と心配がある表情と声で聞かれて、怜はどきっとする。まだ顔を合わせて十分少々なのに、鋭いことだ。

「う、ううん、特には……」

動揺しながら否定したけれど、そのとき思いついた。

誰かに相談したかったところだ。もしかして茉希は最適な相手ではないか、と思い当たったのだ。

ごくりと喉を鳴らした。話してみることにする。

「……この間、陽希くんと会ったんです」

よって、小さな声で切り出した。茉希は数秒、黙る。

そのあと「そうですか」と相づちがあった。

「もしかして……帰国したお兄ちゃんに怜さんのことを話したから、でしょうか？」

「はい」

おずおずと聞かれたことに対する返事は、肯定しかない。小さく頷いた。

「ごめんなさい。勝手にお兄ちゃんに話してしまって……。その、今までお兄ちゃんと連絡していたのに、敢えて話さなかったんです」

突然、茉希が頭を下げた。謝られたのにも、内容にも、怜のほうが驚いた。

だが同時に納得した。それなら陽希が子どもの件を知らなくて当然だった。

「怜さんに、お兄ちゃんの仕事について話さなかったのも同じです。こっそり画策していたみたいで、本当にすみません」

茉希がもうひとつ、種明かしをした。さらに頭も再び下げられる。

「い、いえ。……だって」

とっさに口から出た。だって……ちゃんとわかるから。

「私と陽希くんのために、してくれたんですよね？」

茉希は優しい子だ。自分と陽希、両方の事情を知っているからこそ、こういう形で気遣ってくれたと、わかる。

「……はい。二人にとって、少しでも力になれたら、って思って……」

怜の推測は正しかったようだ。茉希は困り笑いのような表情になる。

その顔を見て、怜の心はもう一度、決まる。今度はもっと強かった。

(話してみよう。きっと茉希さんなら、正しいアドバイスをくれる)

今度は思い切らなかった。自然に口から出てくる。

「その件について、良かったら聞いてほしいんです」

そのあとはさすがに、言葉を選びつつ話した。茉希もただ、静かに聞いている。

陽希からプロポーズされたこと、事情をすべて聞いたこと、それから自分が迷ってしまっていることも……。

話は十分以上かかった。話していくうちに、怜の気持ちはなぜか、静かになっていく。思考が多少なり整理されたらしい。

「妹の茉希さんにこんなこと……。背中を押してほしいだけのようで、情けないんですけど……悩んでしまって」

すべて話し終え、最後に言った。茉希はすぐにはなにも言わなかった。

怜は陽鞠を膝に抱いたまま、待つ。

「誰かに後押ししてほしいときだって、あります。お聞きできて、良かった……というのが適切かはわかりませんが、光栄です」

やがて茉希が答えた。寄り添ってくれるような言葉に、怜は安堵する。

「そうですね、私が助言できるのなら、私たちの家について、知ってもらうのはどうでしょう?」

茉希にはなにか考えが浮かんだようだ。穏やかな顔で言われたのは、怜にとって思考になかった方法だった。

「茉希さんたちのおうちについて……?」

不思議そうな顔と声になった怜に、茉希はさらに詳しく説明した。

「私たちと怜さんとは、育ち方も、親との関係も、なにもかも違うと思います。ですから話を聞くだけではなく、実際に触れて、感じてもらったらどうかな、と」

提案だけではなく、同時に『許可』だった。だけど怜はためらってしまった。

「それは……私が踏み込んで良いところなんでしょうか?」

おずおずと尋ねた。旧財閥の事情なんて、軽率に踏み入って良いとは思えない。外部に隠していることだってあるだろう。

しかし茉希はさらりと答えた。

「もしお嫁入りするなら、いつか知ることになります。それなら端的にでも、先に知ってておくのもひとつの手じゃないかと思うんです」

なるほど、と思った。確かに茉希の言う通りだ。

さらにもうひとつ、自覚した。自分が『歓迎されないだろう』と思ったのは、陽希の言葉で推察しただけなのだ。

悔やむ気持ちが湧いてきた。決めつけていた、ともいえることだった。

どうやらその気持ちは怜の表情に出たようだ。茉希は不意に、笑みを浮かべる。

「私がどうして怜さんやひまちゃんの事情を黙っていたのか、話してもいいですか?」

話は急に違うところへいった。怜は「はい」と受け入れる。

「お兄ちゃん、海外ですごく頑張ってたんです。それに、自分の意志を通すために、パパに反論したのも初めてでした」

きょうだいだからこそ、知っていたことだ。怜は息を呑む。

海外での努力は聞いていた。でも父親に反論し、結婚許可を要求するのは、そこまで強い気持ちだったのだ。

「それほど真剣だったから、集中してほしかったんです。怜さんと絶対に結ばれたいし、怜さんを幸せにしたいって、決意してのことでしたから」

話す茉希の表情は穏やかながら、芯の通った声だった。

（陽希くんと……同じだ）

怜は驚くと同時に、実感した。それほど怜を思いやってくれたからこその行動だ。ならば『甘えていいのか』と悩む必要はない。それどころか悩むのは陽希と茉希の気持ちを無にすることになる。

怜の思考が進んだそのとき、茉希が腰を上げた。距離を詰め、怜の顔を覗き込む。

「だから、怜さんも向き合って。お兄ちゃんに愛されてる自信を持って」

怜を見つめる茉希の瞳は、陽希と同じ色をしていた。

「それで、幸せになっていいんだって、ちゃんと知ってください」

その言葉と同時に、茉希の表情が、ふっと緩んだ。慈しむような笑みだ。

怜の胸が熱くなる。なんて優しい言葉なのか。

さらに、自分の中にあった気持ちも、少しずつ見えてくる。

（私は、無意識に幸せを避けようとしていたのかもしれない……）

今まで自覚がなかったけれど、おそらく、失くしたものが多かったためだろう。

両親を喪ったこと。元カレから捨てられ、家まで失ったこと……。

もう失うのは嫌だ。幸せを得ても、またなくなってしまうかもしれない。

きっと、その不安が根底にあったのだ。

悟って、悔やんでしまう。なぜなら、不安に思う必要はなかったのだから。

（陽希くんはそんなことしないって……。陽希くんなら、無条件の愛をくれるんだって、結ばれたあの夜、実感したのに……）

一気に重たい気持ちが湧いてくる。自分は大切なことを忘れていたのだ。

もちろん、あのあと、いろいろありすぎた。使用人に押しかけられ、陽希の身分や事情を最悪の形で知ってしまった。到底落ち着いていられなかった。

なのに自分はその中で、陽希の元を離れた。きっと、あの日に決断したのが、一番の間違いだったのだ。

「私からアドバイスできるのは、このくらいです。あとはお兄ちゃんと話したほうがいいと思います」

黙って思考に沈んだ怜に、茉希の声が優しく届いた。

怜は顔を上げる。いつの間にか、うつむいていたようだ。

その怜を見つめ、茉希はやはり慈しむように、顔をほころばせる。

勇気づけられて、怜は自然と頷いていた。

「私も……そう思います」

思考より先に、口から出た。言ってから自分で驚いたくらいだ。

「応援していますね」

そのあと、茉希は帰っていった。怜に一人で考える時間をくれるかのようだった。

茉希を見送ってから、怜は今度こそ心を決めた。部屋に戻り、テーブルの上に置いていたスマホを手に取る。数秒、見つめた。

茉希のアドバイスで、自分の行動が理想的ではなかったのを知った。

それに、今までの行動を顧みて、痛感したことがある。

(陽希くんは、私から『他人に頼ることの大切さ』を教わったって言ってくれた。なのに、私自身が忘れていたんだ)

自分は一人で抱え込みすぎた。数年前、陽希が仕事で行き詰まったときと同じだ。

だけど、もうわかったから。

(もう一人でいちゃいけない。茉希さんやお姉ちゃん、陽希くんと陽鞠……)

ぐっとスマホを握る。画面をつけて、電話アプリを立ち上げた。

(私は、私を大切にしてくれるひとに囲まれてるんだから)

数年ぶりにかける電話番号をタップする指に、もうためらいはなかった。

踏み込んだ『結賀家』は豪邸だった。庶民の怜からしたら、臆してしまうほどだ。

隣を歩いていた陽希が、一方を示す。招かれたのは客間だった。

「怜、こっちだ」

深い紅色とレース、二層のカーテンがかかった窓の外には、緑の多い庭が見える。

部屋の中央に応接セットが揃い、棚や調度品が上品なバランスで置かれていた。

ソファを勧められ、怜はそっと腰掛けた。座面はふかふかだ。

今日は陽鞠を瑛に預けてきた。夕方まではここにいられるはずだ。

やがてお茶が運ばれてくる。軽いお菓子と共に置かれて、セッティングした使用人は「ごゆっくりどうぞ」と出ていった。

「改めて、怜。今日は来てくれてありがとう」

向かいの肘掛け椅子に座った陽希が、丁寧に言った。怜も「いいえ」と答える。

「家まで来てもらって……俺から出向いても良かったんだけどな」

陽希はすまなさそうだった。結賀家は怜の家からだいぶ離れていた。車で三十分以上かかったから、気が引けたのだろう。

「ううん。陽希くんのおうちのことを、実際にお邪魔して、実感したかったの」

だからきっぱり言った。結賀家を訪ねたいと言った理由だ。

「そうか。ありがとう」

それを聞いた陽希の口元に、笑みが浮かんだ。再びお礼を言われる。

それぞれ紅茶をひとくち飲んでから、話は本格的に始まった。

「陽希くん、ごめんなさい。私、勝手だった」

初めに言おうと決めていたことを言う。陽希が息を詰めたのが伝わってきた。

「あのとき、酷い状況で間違った決断をしたって思ったの。この間、カフェで話したように、気が引ける気持ちは今も完全になくならない……。でも」

ごくっと唾を飲み込む。今、相手をはっきり見つめるのは怜から、だった。

「そればかりに囚われるのは、逃げてるんだってわかった。だから、ちゃんと知りたい。陽希くんの事情も、おうちのことも」

怜の視線と言葉を受け止めた陽希は、数秒黙る。やがて詰めた息の中で、言った。

「怜……そんなふうに言ってくれるのか」

感嘆混じりの声だ。怜はもちろん頷く。

「遅すぎたなと思う。でも……」

もう一度、言おうかと思ったところで陽希が遮った。小さく首を振る。

「いや、そんなことはない。今、俺と怜は、お互いここで生きているんだから、遅くなんてない」

きっぱりと言われた。心が決まった顔だ。そこから陽希の話になった。

「俺はこの家の跡継ぎだ。幼い頃から次期当主として期待されて、自分でも立派な当主になりたいと、勉強に励んできた……」

結賀家の業界や財界での立ち位置、事業について。

陽希自身の生い立ち。

そして使用人が押しかけてきたあの日、父と話し、勘当の話が出たこと。

怜が去ってしまってから、悔やみ、悩んだ気持ちについて。

心を決めたあと、海外でのプロジェクトに挑むと、父に持ちかけた経緯も……。

怜はただ、話を聞いた。

胸に痛い内容もあった。でもすべて受け止める気持ちで聞く。

陽希の話は長かった。一時間近くも経っただろう。

「……すまない、長々と話してしまった」

一区切りついたところで、陽希がいったん話を終えた。

怜は胸の中で、小さく息をつく。陽希の話を自分の中で噛みしめた。

「ううん。ありがとう」

その気持ちでお礼を言う。陽希も真剣だった表情を緩めた。

「怜。きみが出ていったとき、引き留め切れなくて、本当に悪かった。あのときの俺も、きみと同じだった。状況に押し流されたようなものだ」

すぐにその表情は再び引き締められ、話は少し違うほうへ行った。

二人が離れた、あの日のことだ。

「でも今は違う。先日、カフェで話した通り、怜と今度こそ一生一緒にいるために、心を決めた。家のこともきちんと片をつけた」

もう一度、陽希が怜を正面から見つめる。ここまでと少し違う色をした瞳だ。

「もう家やお互いの立場について、不安な思いなんてさせない。怜を守れるだけの男になれたと思う」

瞳に宿ったそれは、『自信』だ。痛いほど伝わってきて、怜の胸を熱くした。

「それで、これが最後だ。その、怜の抱えている負債の件だけど」

最後、と言われたので怜は座り直す。

陽希が少し気の引けているような声で、切り出した。

「怜と離れてしばらく経ったとき、瑛さんに会った。そこで相談したんだ」

急に姉の名前が出てきて、怜は不思議に思った。『相談』とはなんだろう。

「怜たちの負債を、俺に返済させてほしい。そして返済には、結賀家のお金ではなく、『ネクティ』で稼いだ、俺個人の貯金を使いたい」

静かに言われ、怜は目を丸くした。あまりに意外な言葉だ。

しかもこの言い方では、もうずいぶん前から考えていてくれたことになる。

「父が気にしていた件も、これで最後だ。解決すれば、もう文句はないと言った」

陽希は続ける。最後まで聞いてから答えを決めてほしい、という声音だ。

「ここまで怜たちがこつこつ誠実に返してきたお金だから、俺が横から口を挟んで良いのかと、ためらった。でも……」

軽い話ではない。陽希から軽率に提案できなかったのもよくわかる。

心も状況も、すべて整えた今だから言ってくれるのだ。

「瑛さんは『最後の答えは怜に聞いてください』と言ってくださった。だから、怜。できれば俺の愛と誠意だと思って、受け取ってはくれないだろうか」

まっすぐなその言葉を聞いて、怜の胸の奥で、熱い感情が一気に膨らむ。耐える間もなく涙が、ぼろぼろっとこぼれてきた。

「……っ、ごめんなさい。陽希くんがそこまで行動してくれたのに……っ、私、本当に勝手だった……！」

スカートの上に雫が落ちる。胸につかえていたものを吐き出すようだ。その中で、なんとか謝る。

陽希の情熱に溢れた愛と誠意は、怜にしっかり届いた。怜の目からこぼれる涙も、受け取った気持ちのままに、熱かった。

「いや、すべて俺を気遣ってくれたからだろう。そういう優しい怜が、俺は好きだ」

同じ熱量で陽希が言い、そのあと不意に立ち上がる。怜の元へ近付いてきて、かたわらに膝をついた。

膝に置いていた怜の右手を、そっと取る。驚きに、怜の涙は一瞬、止まった。

「今日だって、怜から来たいと言ってくれたじゃないか。向き合ってもらえて、本当に嬉しかった」

ひざまずいた姿勢から怜を見上げ、陽希が告げる。もう硬い声ではない。

包んでくれる手から伝わる体温と同じで、慈しむような眼差しだった。

陽希の話がすべて終わり、怜は心を決める。

左手で目元を拭った。まだ少しぼやけた視界ながら、見つめ返す。

「私、……自分のことも大切にしてあげないといけないって、やっと知ったの。幸せになっていいんだって……幸せにならなきゃいけないんだって」

瑛が、茉希が、そして陽希が教えてくれた、なにより大切なことだ。

「それなら私にとって一番の幸せは、陽希くんに応えることだと思う」

声は涙でかすれていたけれど、はっきり出てきた。自分の気持ちや想いが、今度こそ正しく伝えられた、と思う。

陽希の手に力がこもる。怜の右手を胸に引き寄せ、大切に抱くようにした。

涙を拭った怜に向かい、陽希は静かに口を開く。

「怜がそう言ってくれるなら、俺にきみを……いや」

言いかけて、ちょっと切った。怜を見つめる眼差しが、もっと優しくなる。

「きみと娘を幸せにさせてほしい。今の俺なら、きっとできる」

出てきた言葉は、三度目のプロポーズだった。

ずいぶん遠回りになった。だけど二人に必要な時間だった、と今なら思える。

「ありがとう……！」

怜の返事は決まっていた。はっきりと答える。

その怜に手を伸ばし、陽希は今度、両腕でしっかり抱きしめてくれた。

今度こそ、離さない。

陽希のその気持ちが、触れた全身から怜の胸へ伝わってきた。

第八章　婚約と決着

あれから半月ほど経った、冬の日。怜は豪華な屋敷を見上げて、白い息を吐いた。

もう寒さも本格的になっていて、ベージュの厚いコートをしっかり着込んだ姿だ。

「う……？」

怜の腕の中にいる陽鞠は不思議そうだった。同じく白いコートとニット帽をかぶった格好で、屋敷のほうへ腕を伸ばしている。

「大きなおうちだね」

陽鞠がよく見えるように位置を変えてやりながら、話しかける。

今日は陽鞠も一緒に、結賀家を再び訪問していた。大切な用事のためだ。

「待たせてごめん」

さくさくと足音がして、陽希が声をかけてきた。怜が振り返ると、駐車場に車を停めて戻ってきた陽希が近付いてくるところだ。

「ううん」

軽く答え、微笑む。今日の用事を考えると緊張はあるけれど、笑みが浮かべられるくらいには落ち着いていた。

「じゃ、行こうか」

そんな怜に陽希も笑みを返した。大きな玄関を指差す。

玄関は使用人によって開けられた。中は広いエントランスだ。

使用人がコートを預かってくれた。陽鞠のコートも脱がせて、預けることにする。

手荷物だけ持って、半月前にも通った廊下を歩く。

招かれたのは別の部屋だった。もっと大きな客間だ。

内装自体は、前回通されたところとあまり変わらない。

ただ、今回ソファの横には子ども用の椅子が置かれていた。陽鞠のために、わざわざ用意してくれたのだろう。有難く借りることにして、陽鞠を座らせた。

怜と陽希はソファに並んで腰掛ける。支度は整った。

やがて待つこと、数分。コンコン、とドアがノックされた。

さすがに怜の胸が、どきんと高鳴る。そのままドキドキと速い鼓動を刻み出した。

「旦那様と奥様のご到着でございます」

使用人の声がかかり、すっとドアが開く。入ってきたのは、壮年の男女だった。

「お初にお目にかかる」

重たい声で怜に挨拶したのは、スーツ姿の男性だ。黒髪は白髪交じりになっている。体格が良く、陽希と同じく、背も高い。ひと目見ただけでわかる。陽希の父だ。

隣に立つ着物姿の女性は、やわらかそうな黒髪を、後ろでまとめていた。なにも言わず、ただ、丁寧に頭を下げる。

陽希と怜もソファから立ち上がり、同じように一礼した。

「父さん、母さん。こちらは小杉怜さん。俺の恋人だ」

陽希が怜を紹介した。怜はもう一度、もう少し深く礼をする。

「初めまして。本日はお招きいただき、ありがとうございます。こちらは娘の陽鞠と申します」

丁寧に挨拶した怜を、どう思ったか。父は「ああ」とだけ答え、中へ進んだ。

それで両親も、怜たちの向かいにあった肘掛け椅子にそれぞれ、腰を下ろす。

使用人がお茶を運んできた。前回と同じく、熱い紅茶だ。丁寧にセッティングして、一礼して出ていった。

「改めて。本日はどうぞよろしく。陽希の父の陽義と申す」

陽希の父が名乗り、今日の来訪目的……顔合わせが始まる。

「初めまして。陽希の母の、茉結子《まゆこ》です」

続いて母という女性も名乗る。こちらは小さく頭を下げた。

「陽希、すべて片はついたのだな」

陽義は単刀直入だった。陽希を見据え、聞く。

その重々しい声に、怜は圧倒されそうになりながら、お腹の下に力を込めた。

「はい。先日、入金と証書の受け取りまで済ませました」

陽希が説明する声は落ち着いていた。先日、怜と二人で行った件についてだ。

返済相手に、残りの金額を一括で支払った。引き換えとして、完済の証書にサインをもらった。これで負債はすべてなくなったことになる。

大学時代から長年抱えてきたものが、思わぬ形で終わり、そのあと怜の胸の中は、なんとなくぽかんとしてしまったものだ。

しかしこれは前に進むためのプロセスでしかない。ここからスタートなのだ。

「そうか。では、負債の件はもう追及せんことにしよう」

陽希の報告に、陽義は表情ひとつ変えなかった。淡々と言う。

「小杉さん」

次には怜に視線が向く。どきっと胸が鳴るのを感じながら、怜は努めて落ち着いて「はい」と答える。

「陽希はあなたを嫁にと望んでおるが、小杉さんのほうに、その覚悟はおありか？一般家庭で育たれた小杉さんには、すべて一から勉強してもらうことになるが」

言われたのは、怜の覚悟を問う言葉だ。もちろん答えは決まっている。

「はい。なにもわからず、ご迷惑をおかけするかもしれませんが、精一杯取り組ませていただきます」

陽義の目を見つめ返して、断言した。その場は数秒、沈黙になった。

「わかった。陽希は私との約束も成し遂げた。負債の件も片がついた。そうであれば、もう私から不満はない。陽希が選んだ女性ということで、迎えよう」

張り詰めた空気の中で、陽義が静かに言った。怜を受け入れてくれる返事だ。

「ありがとう、父さん」

陽希は、ほっとしたという声音ながら、真剣な顔で軽く頭を下げる。怜も隣で同じようにした。

「不束者ですが、どうぞよろしくお願いいたします」

心から言い、深々とお辞儀をする。

家へ招かれたのだから、拒否されることはないだろうと推測していた。

だが実際に許可を聞けば、強い安心が込み上げた。

陽希にプロポーズされただけではない。家の許可も取れて、もう、なにもはばかるものはないのだ。

とはいえ、この先の生活のほうが、ずっと大変だろう。

陽義が言った通り、怜は旧財閥の若奥様になるのだ。覚えることなど、どのくらいあるのか、どれほど大変なのか、想像もできない。

それでもできるという自信があった。陽希が隣にいてくれるなら乗り越えられる。

「では、結納や式については今後、話を進めよう。小杉さんも、……いや、陽希の嫁になるなら、名前で呼ばせてもらおうか」

短い時間だったが、話は終わりのようだ。陽義が話を締めるように言いかけたが、そこでふと、言葉を切った。そのあと要されたことに、怜はどきっとする。

だがすぐに、頷いた。本当にこの二人が、義両親になるのだ。

「はい。どうぞ、そのように」

怜の受け入れに、ここで初めて陽義は笑みのようなものを見せた。口角がわずかに上がるだけだったが、その表情に、怜は驚いてしまう。

「ああ。怜さんもよろしく頼んだ」

これで本当におしまいになった。陽義と茉結子は立ち上がり、そのまま部屋を出ていく。残されたのは、怜たち三人だ。

「ありがとう、怜。疲れただろう」

陽希が怜を振り返り、ねぎらいの言葉をくれる。怜は微笑で首を振った。

「ううん。きちんとご挨拶ができて良かった」

心からそう思う。今日のことは、良い区切りになった。

本当に若奥様になるのだと実感できたし、そのために覚悟も決まった。

「そうか。……改めてよろしく。怜、それから……陽鞠」

怜と、怜が抱き上げていた陽鞠を続けて見て、陽希は律儀に言った。陽希の中でも
一区切りしたようだ。

プロポーズ以来、何度か会う機会があって、もちろん陽鞠とも顔を合わせている。

だけど改めて向き合って、言ってくれた。

「これから立派なパパになれるように、頑張るから」

そっと手を伸ばした。陽鞠の小さな手に触れる。

陽鞠は嫌がらずに、陽希を見つめていた。その視線は、怜の目にはこう映った。

(このひと、なんだろう。もっと知ってみたい)

本当にそう思ったかはわからない。母親としての推察に過ぎない。

ただ、陽鞠のこれまでを考えるに、興味を覚えているのは確かだと思った。

陽鞠のその興味が、良いほうへ働くことを、怜は強く祈った。


「陽希、お疲れ様」

話が終わり、部屋を出たところで、意外な声がかかった。怜が驚いてそちらを見ると、陽希の母親・茉結子が立っている。しとやかに、帯の前で手を重ねていた。

「あれ、母さん。どうしたんだ?」

陽希は不思議に思ったようで、尋ねた。どうして待たれていたのか、怜も戸惑う。

「陽希と、それから怜さんと少し話してみたくて……」

茉結子は少し困ったように微笑んだ。その顔を見ただけで、怜は理解する。

このひとは信頼していい。だってこうして寄り添おうとしてくれるのだから。

「ありがとうございます」

怜が返したのはそれだけだったけれど、きっと十分だった。

「陽希、本当に立派になったわ」

母からの褒め言葉に、陽希は途端、照れた様子になる。

「そ、そうかな」

プロポーズのときも、先ほどの顔合わせのときも、あれほど自信に溢れた様子だったのに、はにかむような言い方だった。

それほど母を信頼して、好いているからだ、と怜にはこれまたわかってしまう。

「ええ。今なら話していいと思うから、言うわね」

前置きのあと、茉結子の話は本題に入った。

「お父さん、あんな言い方だったけれど、本当はあなたを心配していたのよ」

意外な言葉に、怜の目が丸くなる。陽希も息を詰めるのが伝わってきた。

「父さんが……？」

信じられない、と言いたげな陽希に茉結子は微笑んだ。息子を思いやる、母親の表情だ。

「ええ。結婚相手についても、子会社に行かせる指示も……。あなたに一人前の大人と、立派な跡継ぎになってほしかったからよ」

穏やかな声ながら、きっぱりと言う。陽希の目はもっと丸くなった。

「世間体も気にしたと思うけど、それだけじゃないわ。初めに厳しい態度を取った本当の理由は、あなたの気持ちや行動に未熟さを感じたから、でしょうね」

明かされた父の思いに、陽希は小さく声を出した。なにか言いかけたが、その前に茉結子が先を続けた。

「でもあなたは決意を固めて、お父さんに話をした。それでやり遂げてみせた」

茉結子の微笑みは濃くなる。慈しむような眼差しで、陽希を見つめた。

「お父さんも安心したはずよ。一人の男性としても、跡継ぎとしても、立派に成長できたって。今日のことは、その気持ちからの行動のはずだわ」

陽希への言葉だったが、同時に怜も熱い思いを覚えた。

自分にとっての対応から、厳格なだけの父親だと思っていた。

だけどその中には、息子を想う気持ちが確かにあったのだ。

これまで陽希とのすれ違いや辛いことがあったのは、陽義が発端だった、とはどうしても思ってしまう。

しかし結果的には、陽希をもっと成長させ、怜と本当の意味で結び付けてくれたともいえる。それなら憎み切ることもできない。

茉結子は怜にも視線を向けて、微笑をくれた。怜の胸が、とくんと高鳴る。

これからの自分にとって、『母』という存在だ。実母でなくても、『母』に接するのは久しぶりだった。

「お父さんも、それをそのまま言えば良かったのにね。やり手なのに、どこか不器用なんだから……」

最後は呆れたような笑みになった。

でも怜は、陽義の気持ちもわかるような気がした。

言葉でなくても、態度から、息子とその相手を思っていると伝わればいい。

きっとそんな心づもりだった。『不器用』なのは確かだけれど。

「……ありがとう、母さん。聞かせてくれて……」

茉結子の笑みを受けて、陽希も笑った。

父の心づもりと、本当の思いを知れて良かった、と表情が言っていた。

「これからも陽希と怜さんを見守っていくからね。しっかりやるのよ」

励ましの言葉は、怜の胸に染み入った。この言葉を忘れないようにしよう、と誓う。

「ああ!」

「はい」

陽希と怜の返事は重なった。それがおかしくて、つい顔を見合わせてしまう。笑顔が交わされた。

「それで、怜さんにお願いがあるのだけど……」

話が一段落したあと、茉結子が怜に向き直った。『お願い』なんて、思い当たることはなく、怜はきょとんとする。

その怜に、茉結子はふわりと、今度はやわらかな笑顔を浮かべ、言った。

「陽鞠ちゃん、だったわね。私にも抱かせてくれないかしら……？」

怜の目は真ん丸になる。茉結子の要望は、それほど意外だった。

だけど、ああ、そうだ。

茉結子にとっては……孫にあたる存在になったのだ。

「はい。ぜひ」

怜の顔もほころんだ。少しだけ切なげな笑みになる。

あまりに幸せなことだ、と思ったのだ。

陽鞠を茉結子に渡す。陽希と茉希を立派に育てたのだ。茉結子の抱き方は、怜より上手いくらいかもしれなかった。

陽鞠は知らないひとに抱かれて、困惑した顔をした。

でも本能的になにか感じたのか、居心地悪そうにするだけだった。

「とってもかわいい……。陽希にも、怜さんにもよく似ているわ」

確かに陽鞠はもう一歳を過ぎて、髪も生えそろっているし、顔立ちもよくわかる。

陽希と同じ、黒い髪。少し猫っ毛の髪質。それに優しい目元。

つまりは茉結子にも似ている、ということになる。

繋がりを肌で感じて、今度こそ怜の顔は歪んだ。ぽろ、ぽろっと涙が出てしまう。

茉結子は自分の義理の母になるだけではない。

陽鞠にも、『おばあちゃん』ができるのだ。

実母を亡くしている怜は、半ば諦めていたことなのに。

きっと陽鞠にとっても、大きな力や助けになってくれるだろう。

そっと目元を拭う。嬉し涙とはいえ、幸せなのだから、笑っていたい。

気持ちを察したように、陽希がその肩を、優しく抱いてくれた。


「怜、この荷物は？」

蓋が開いていた段ボールのひとつを示して、陽希が聞いてくる。怜は棚から本を取りながら、振り向いた。

「ああ、それは陽鞠の夏服や小物なの。使わないから、封をしてくれるかな？」

見ただけで悟り、陽希にお願いした。陽希は「わかった」と頷いて、ガムテープを手に取った。ピーッと引っ張り出して、丁寧に貼っていく。

今日は陽希が怜たちのアパートに来て、荷物を詰める作業を手伝ってくれている。

怜としては、少し気が引けたけれど、「妻と娘の引っ越しを、手伝わないわけないだろう」と陽希自ら買って出てくれたのだ。

そう、怜たちはもうすぐこの家から引っ越す。陽希のマンションを出たときから、住んでいたアパートだ。引っ越すのは少し寂しい。

でもその先に待っている、新しい生活を楽しみにする気持ちのほうが強かった。

引っ越し先は、陽希が用意したタワーマンションの予定だ。

もちろん陽希は次期当主なのだから、ゆくゆくは実家に戻る。

それでも今は、海外勤務の後処理が終わっていない。勤務地の都合で、いったん家族三人でマンション暮らしをすることになった。

まだ内々のものだが婚約も済ませたし、着実に家族になっていっている。

「かわいい服なんだな」

封をするとき見えたようで、陽希が笑みを含んで言った。怜もにこっと笑う。

「来年にはサイズが合わなくなってるかもしれないけど、念のため、ね」

「そうだな、子どもの成長は早いだろうし」

陽鞠のそばにいられる幸せが、陽希のその声だけで伝わってきた。

これからはパパになった陽希と共に、陽鞠を育てられる。怜も強い幸福を覚えた。

「よし、じゃあ来年は俺が陽鞠の服を選ぼう」

封をした段ボールを部屋の隅へ運びながら、陽希がきりりと言った。怜はつい、ふふっと笑ってしまう。

「本当に？　陽鞠、パパがお洋服を選んでくれるって」

陽鞠のほうを見て、話しかける。テレビの前で、幼児番組に見入っていた陽鞠は振り向き、こてんと首をかしげた。

「う？　ぱーぱ？」

すでに陽希のことを「パパ」と呼ぶようになっている陽鞠。意味を理解しているかはまだ謎だが、『大切なひと』という認識はあるように、怜には感じられた。

「ああ！　特別かわいい服を着せてやる」

愛らしい声と仕草で「パパ」と呼ばれて、途端に陽希はデレデレになった。陽鞠の後ろへ行き、しゃがんで肩を抱く。

あまりの甘い態度に、怜は今度、軽く噴き出してしまったくらいだ。

結婚が決定してから、陽希は立派なパパになるため、努力を重ねている。育児書をたくさん読んでいるし、身近なひとに育児の実情も聞いているそうだ。

もちろん、実践も欠かさない。時間さえあれば怜たちの元にやってきて、陽鞠と接している。離乳食をあげるのも、おむつ替えも、だいぶ慣れてきた。

おかげで陽鞠も心を許して、自分から近寄り、抱っこや遊びをねだるようになった。

初めて「パパ」と呼ばれた日に、陽希は涙ぐんだくらいだ。

「さて、そろそろ休憩するか？」

数時間作業をしたところで、陽希が時計を見上げた。時間も十五時を過ぎようとしている。お茶の時間にもちょうどいい。

「そうしようか。じゃあ、あったかいお茶を淹れるね」

軽く受け入れて、怜が腰を上げたときだった。

テーブルのほうから音が流れ出した。スマホの着信音だ。

音からするに、電話のようだ。だけど怜は、その音になぜかぞくっとしてしまう。

自分で戸惑った。どうして聞き慣れた音に、こんな感覚を覚えたのか。

でも手に取って画面を見て、その感覚はもっと強くなる。表示は非通知だったのだ。

「怜？　誰から？」

陽希も怜の様子に不審を覚えたようだ。聞いてきた。

「非通知なの……誰だろう」

眉を寄せてしまう。どう考えても、いい電話ではない予感がする。

そのうち、電話は切れた。留守番電話に切り替わったのだろう。

だがすぐに再び鳴り出す。怜が取るまで諦めないようだ。

「大丈夫？　俺が出ようか」

陽希が申し出てくれた。怜は一瞬迷う。そうしたほうがいい気もした。

だけど自分にかかってきているのだ。最初から任せてしまうのは良くない。

「大丈夫。……変な相手だったら、すぐ切るから」

そう宣言して、ごくっと喉を鳴らした。このまま何度もかけられるくらいなら、少しだけ話を聞いたほうがいい。不安になりつつ、そっと応答ボタンをタップした。

「も、もしもし……」

耳に近付け、おずおずと話す。しかし返ってきた声に驚愕《きょうがく》した。

「おい、怜！　お前、俺の会社をめちゃくちゃにしやがって……！」

耳へ飛び込んできたのは、怒鳴り声。もう数年聞いていなかった声だ。

それでも当時聞き慣れていたのだから、わかる。

元カレの柊だ。

だけど内容は思い当たりがなかった。怜はお腹の下に力を込めて、問いかける。

「なにそれ……知らないよ。なにかの間違いじゃないの？」

知るはずがなかった。柊の会社のことなんて、現状すら把握していない。

陽希のほうから、張り詰めた空気が伝わってきた。柊の声があまりに大きいために、聞こえたようだ。

「間違いなもんか！」

柊の不快そうな、もどかしそうな声が響き、そこから一気にまくしたてられた。

柊の会社……怜と同棲していた当時、興したばかりだった『株式会社 イズラン』の大口取引先を、ある企業に盗られた。

そのせいで会社は一気に傾き、今では倒産寸前の状態。

あのときの浮気相手だった女性と結婚していたが、貧しくなったことに対して「将来性があると思ったのに！」と恨みつらみを吐かれて、離婚の話すら出ている。

そして、『取引先を盗った企業』というのが、結賀コーポレーションだというのだ。

さらに、どこからか怜が結賀家令息と婚約したのを聞きつけて、怜に怒りをぶつけてきた……という経緯だった。

聞いていくうちに、怜の胸の中がどんどん冷えていった。

他人の怒りや悪意に触れたことにも、聞いた内容にも、恐怖が湧いた。

「責任を取れよ！　お前、結賀コーポレーションの息子と婚約したんだろ！　それならお前にだって、責任の一端が……」

そこまで聞いて、柊の思惑を怜は理解した。

しかし理解したゆえに、冷えた胸は落ち着いていった。

なんて身勝手なんだろう、と思い知らされて怜は再び、ごくっと唾を飲み込んだ。

ここまで黙って聞いていたけれど、こちらから口を開く。

「聞いた限りでは、結賀コーポレーションのほうが、良い条件を出してお取引きしただけのように思うけど。私は会社の経営に一切関わってないし、結賀コーポレーションに対しても、私に対しても、逆恨みだよ！」

話していくうちに、怜の心は決まった。

もう虐げられ、泣くばかりになんかならない。あの頃の自分とは違うのだから。

「……は？　なんだって？」

電話の向こうで、柊の声が歪んだ。不快が全開の声で聞き返してくる。

その声に臆さず、怜は言い返した。きっぱりとした口調になる。

「私を脅して、お金でも引っ張るつもりだったんでしょう。断るに決まってるし、それに結賀家も、陽希くんも、そんな卑怯なことを呑むひとじゃない！」

言い切った怜に、その場も、電話の向こうも、しん……とした。

そのあと、電話の向こうから、わなわなと震えそうな怒りが伝わってくる。

「お、お、お前……！　いつの間にそんな、えらくなっ……」

ここまでより酷い言葉をぶつけようとしたようで、柊が震え声で言いかけた。

しかし、そこで怜の横に、すっと気配がやってきた。怜がそちらを見ると、陽希が手を差し出している。

(電話を替わって)

視線と手つきで要請されて、怜はそっとスマホを耳から離した。陽希に手渡す。

もう自分の言いたいことは全部言った。陽希に任せてもいいだろう。

怜から受け取ったスマホを耳に当てて、陽希が口を開く。

「結賀コーポレーション、次期代表の陽希です。文句がおありでしたら、私がうかがいましょう」

静かで、据わった口調で言った陽希に、電話の向こうで息を呑んだのが、怜のところまで伝わってきた。一気に臆しただろう柊に、陽希は淡々と説明を始めた。

「顧客を盗ったとおっしゃるのが聞こえましたが、『イズラン』様は、ずっと不正取引を続けておられたのですよね。先日、先方からご連絡がございましたよ」

柊は黙った。固まったのが感じられる。

怜も驚愕した。柊の会社がそんなことになっていたなんて。

しかし陽希はすべて把握していたのだ。

もちろん自分で名乗った通り『次期代表』だから把握していて然るべきだが、今、話を聞いて、怜は陽希の仕事に対する姿勢や働きを実感した。

凍った空気に構わず、陽希は続ける。

「不正取引をするような会社との契約は、これ以上続けられないので、うちに一任してくださる、と。盗ったと言われる筋合いはございません」

陽希の言葉は正論だった。柊の薄汚い画策を、切って捨てるような内容だ。

「それに、先ほど怜も言いました通り、彼女は会社の経営に関して、完全にノータッチです。その彼女にこれ以上、見当違いの恨みをぶつけるのでしたら、それなりの措置を取らせていただきます」

陽希の言葉は、最終通告だった。今度こそ、電話の向こうは凍りついた。

「……はっ。おえらいことで！　関わるだけ損だったよ！」

柊が震えを抑えた声で、捨て台詞を吐く。電話は向こうからブツッと切れた。

一連の出来事が終わっても、その場はしばらく、しんとしていた。

怜は陽希の言葉や口調に圧倒されていたし、陽希も強い視線で、切れたスマホを見下ろしていた。

「まーま……」

そのとき、陽鞠がよちよちと怜の元へ来る。ぽすんと怜の膝に抱きついた。

陽鞠にくっつかれて、やっと怜は、ハッとした。

「ごめんね、陽鞠……不安にさせたよね」

急いで床に膝をつく。陽鞠の体に腕を回して、しっかり抱いた。陽鞠はすぐに、ぎゅうっとしがみついてくる。不穏な空気を察したようだ。

娘にこんな思いをさせてしまって、と怜の胸に、罪悪感が生まれる。

「陽鞠、悪かったな。驚いただろう」

やがて隣に陽希も膝をついた。そっと陽鞠の肩に手を乗せる。

「陽希くん……ありがとう」

陽鞠の様子も落ち着いてきて、怜は顔を上げた。陽希にお礼を言う。

「いや、俺は言うべきことを言ったまでだよ」

なのに陽希は謙虚だ。まだ少し無理をしていそうではあるが、表情を緩めて言った。

「それに、怜こそ本当に強い女性だ。言い返すのは、怖かっただろうに」

言われて、怜はやっと自覚した。

そうだ、自分もちゃんと『言うべきこと』を言えたのだ。陽希に頼るばかりでなく、自分の気持ちや、正しいと思ったことを口にできた。胸が、かっと熱くなる。

「陽希くんのおかげだよ。あなたが強さを教えてくれたから、私は少し、変われたんだと思う」

怜も努力して微笑もうとした。その怜の肩に陽希が手を伸ばす。引き寄せ、陽鞠と一緒に抱きしめてくれた。

怜は陽希の肩に頬をつける。不安や恐怖は、すぅっと溶けて、消えていった。

自分が強くあれるのも、安心できるのも、このひとがいるから。

目を閉じて、陽希と陽鞠の体温を感じながら、怜は噛みしめた。

その後、『株式会社　イズラン』は倒産したそうだ。社長の行方を知る者も、誰もいなくなったらしい。

第九章　新生活へ

年が明けて、一月中旬頃のこと。

怜は陽鞠を連れて、新居のタワーマンションに引っ越した。

年末年始は陽希の実家で過ごした。去年は陽鞠と二人で過ごした年末年始。それに比べると、だいぶ賑やかで、せわしなくもあった。

結賀家で過ごすというのはつまり、若奥様として振る舞う最初の機会だ。

ただ、まだ式は挙げていないから、親戚などの来客にも『息子の婚約者』と紹介されるだけだった。大々的な挨拶はなく、怜は安心した。

それでも今年に予定している式のあとには、改まった形式での挨拶回りがある。それは今から緊張するな、と思う。

そのためもあり、現在の怜は、若奥様としての教育を受けている。

立ち振る舞いから始まり、結賀家の歴史や立ち位置、現在の事業についても、それなりに把握できるように。それから社交の場のマナーなど……。

覚えることは多すぎて、週に三度ほどは結賀家に通うことになった。

でも毎回、結賀家から迎えが来たし、陽鞠にはベビーシッターがついた。

勉強の間は預かってもらえて、心配なく取り組むことができる。

陽希も「大変じゃないか？」とよく気遣ってくれた。

だがこれは陽希が子どもの頃、受けていたのとほとんど同じ内容だろう。だから自分だけ大変だなどとは言えない。

それに難しく、気疲れもするが、面白いとも思えていた。

知らないことを学べるのも、品のある行動を身に着けられるのも、嬉しいと思う。

だから「確かに少し大変ではあるけど、楽しいよ」と答えていた。

そのように、若奥様としても順調に成長を続けている中だが、なにしろ引っ越しだ。

しばらく勉強はお休みになった。

代わりに家を片付けたり、新生活に慣れたりする必要があるので、忙しさは変わらないけれど。

ついに来た引っ越しの当日は、冬の寒さの中でも、特に冷え込む日だった。

「陽鞠、お外がよく見えるね」

窓に手をついて、興味深く外を見ている陽鞠の肩を、怜は優しく腕でくるんだ。

「んっ！」

陽鞠の返事も明るかった。窓の外に見入ったまま、高い声を出す。

窓の外には都内の光景が広がっている。それも、飛行機から見下ろしているかと思うほど、高い位置から眺めているのだ。

新居であるタワーマンションに初めて入ったとき、怜は驚いてしまった。陽希に案内された部屋は、なんと最上階だったのだから。

部屋の間取りは、2LDK。陽希は「少し狭いかもしれないけど……」と言っていたが、なにしろ今までのアパートは1DK、しかも居室は六畳の畳敷きだったのだ。それに比べたら立派すぎる。

リビングだけでも十畳以上ある広さで、大きなバルコニーまでついている。

個室は一部屋を寝室にして、もう一部屋は陽希の書斎ということにした。

本来なら子ども部屋になるのだろうが、陽鞠が子ども部屋を必要とする年頃には、結賀家に帰っている予定だ。よって子ども部屋として使うことは、おそらくない。

書斎にはデスクとチェアのほか、セミダブルのベッドも置いた。仕事などの関係で、ベビーベッドがある部屋とは別の場所で寝たい夜もあるだろう。

さらに立地も、並ではない。都内では最高級の住宅地だ。

『海外勤務の後処理』という都合なので、空港に近くて当然ではある。だがまさか都内の一等地だとは思いもしなかった怜だった。

このタワーマンションは五十階建て。最上階ともなれば、展望台でも足りないくらいの高さだ。怜も、このあまりに高く、綺麗な風景に、つい見入ってしまった。

「怜！　荷物を入れるよ」

そこでドアが開き、声がかかった。玄関で誘導作業をしていた陽希だ。

怜が振り向くと、引っ越し業者が段ボールを運んでくるところだった。怜のアパートから運び出した荷物だ。

「ありがとう。任せちゃってごめんね」

申し訳なくなりつつ、怜は立ち上がった。さすがに荷解きは自分でしようと思う。

「とんでもないよ。外は寒いんだから、風邪を引いたら困る」

なのに陽希はきっぱりと言う。確かに今日は冷え込む。外での作業は辛いだろう。

だけどその分、結賀家使用人や業者が働いているわけで。庶民の出身でしかない怜は、まだ気が引けてしまう。

ただ、ひとに任せることもこれから慣れていかないとな、とも思った。結賀家若奥様として、いちいちバタバタしていては落ち着きがない。

「陽鞠、外を見てたのか？」

まだ窓際にいた陽鞠に、陽希が近付く。今度は陽希が陽鞠の肩を抱いた。

「ん！　おー、お……あ！」

つたない発声で、それでもなにか言いたいらしい。高い声で、話そうとする。

まだ一歳と数ヵ月なのだ。「ママ」と言えるのは早いほうだったけれど、ちゃんとした『おしゃべり』になるには、もう少しかかる。

「お空、かな？」

その陽鞠の『おしゃべり』を、陽希はそう推察したらしい。

どうやらその通りだったようだ。陽鞠は嬉しそうに、きゃっきゃとはしゃぐ。

「おー、ぁ！　おー……おあ！」

つたないおしゃべりを繰り返す。その様子は、怜と陽希を笑顔にした。

「ああ、お空、綺麗だな」

陽希は穏やかな声で相づちを打って、陽鞠を優しく腕で抱いた。

「大きくなったら、おしゃべりになりそうだね」

封を開けた段ボールから中身を取り出しながら、怜はふふっと笑った。

陽鞠の成長は本当に早い。初めの一年は飛ぶように過ぎたし、今だってそうだ。日ごとに成長がわかると思う。

「そうだな。楽しみだなぁ」

陽鞠と一緒に外を眺める陽希も、優しい瞳をしていた。

これから、この家で、共に陽鞠を育てられる。

怜はもう、何回目になるかもわからない幸せを、強く噛みしめた。


ひと通り片付いたときには、すでに夜だった。窓の外も真っ暗になったので、カーテンを引いている。

外が見えなくなって、陽鞠は少し不満そうだったけれど、「明日、また見ようね」と宥《なだ》めて窓から離した。

それに陽鞠の興味も、すぐ別のものに移った。キッチンから漂う良い香りだ。

「おおっ、良い匂いがすると思ったら……」

陽鞠を抱いた陽希が近付いてくる。キッチンで最後の盛り付けをしていた怜の向かいにやってきた。

この家はカウンターキッチンで、料理を作るのにも、運ぶのにも便利である。

これほど充実した設備で料理をするのは初めてで、怜は初め、戸惑った。居候していた陽希のマンションも、システムキッチンで便利だったのに、あれ以上だ。

「もうできるよ。そっちに運ぶね」

顔を上げ、にこっと笑って答えた怜に、陽希も微笑み返す。

「ありがとう。陽鞠は座って待ってような」

陽鞠に言って、ダイニングのテーブルへ向かった。子ども用の椅子に座らせる。

美味しそうな香りに興味津々の陽鞠は、また明るくおしゃべりを始めた。陽希はその首元に食事用のエプロンを巻きながら、「楽しみだね」と答えている。

やがてセッティングも完成した。陽希が飲み物をシャンパングラスに注ぐ。

シャンパンではあるが、これはノンアルコールのものだ。今日はもう出掛けないけれど、一応、引っ越し初日である。なにかあっても対処できるように、念のためだ。

怜と陽希、二人分を用意して、陽鞠にはジュースをストローカップに注いだ。

「では……新生活のスタートに、乾杯！」

陽希が軽くグラスを掲げて、乾杯を告げる。怜は陽鞠のカップを持ち上げて、同じようにした。

陽鞠は不思議そうにしていた。陽希はやわらかく微笑み、そのカップにグラスを近付けて、「乾杯」と軽く触れさせる。次いで、怜のグラスとも合わせた。

「怜、こんな素敵なごちそうを作ってくれて、ありがとう」

ねぎらいの言葉までくれるので、怜は照れてしまう。頑張って作ったのだ。

「美味しいといいけどな」

はにかんで答える。陽希に手料理を振る舞うのも、だいぶ久しぶりだ。

居候していた頃は、毎日作っていたのに。あの頃を思い出して、懐かしくなる。

そう、あの頃を思い出したからこそ、今日のごちそうに選んだメニューがある。

「……チーズリゾット。懐かしいな」

たくさんのごちそうの中でも、陽希が目を留めたのはそれだった。すぐにわかってもらえて、怜の胸にも喜びが溢れる。

「今日は絶対にこれを作りたいと思って……。あのときのリゾット、すごくあたたかかったから」

自然と目元が緩んだ。リゾットを通して、あの雨の日が見えたように感じる。

もちろん、陽希が雨の中で濡れていた怜を助けてくれた、あの日だ。

陽希が作ってくれて、茉希と三人で食べた、チーズリゾット。作りたてで、ほかほかだった。

具材はきのことハム、チーズ。上に粉末パセリを振った、シンプルな料理だけど、怜にとってはとても大切な『あたたかいご飯』だった。

「覚えててくれたんだ」

陽希の顔にも笑みが広がった。陽希にも、あの日の素朴ながら、あたたかだった食卓が見えたのかもしれない。

「忘れるはずがないよ」

怜は穏やかに言い切る。これからずっと一緒に過ごしていっても、絶対に忘れない。

食卓にはほかにも、ローストビーフや、具だくさんのサラダ、ポタージュに、鶏肉と野菜のグリル……など、たくさん料理が並んだ。

「陽鞠も食べてみようね」

やわらかめに煮込んだリゾットをスプーンですくい、軽く息をかけて冷ます。

「あーん」

口に運ぶと、陽鞠は嬉しそうに食べてくれた。気に入ったようで、笑顔になる。

「美味しいか?」

横から陽希が聞いた。陽鞠は満面の笑みで、怜の袖を引っ張った。

「んっ！　まー！」

ねだられるので、怜は微笑を浮かべて、もう一度リゾットをすくう。

ひとくち、ひとくち、リゾットを陽鞠の口に運ぶ。自分でも味わったチーズリゾットは、あの日と同じ、あたたかな味がした。

あたたかさは『優しさ』だ。たくさん味わって、優しい子に育ってほしいと思う。

陽希があのとき、怜に大きな優しさをくれたように。


夜も更けて、窓の外にはちらちらと雪が舞いつつあった。外は昼間以上に冷え込んでいるだろう。

怜はその様子を、穏やかな気持ちで窓から眺めた。少しだけカーテンを開けた先に見える夜景が、とても美しかった。都内が見渡せて、夜の灯りが輝いている。

雪が降っているのに、建物の断熱材が良いようで、まったく冷えは感じない。暖房と、上に着た部屋用の厚手パーカーだけで十分だ。

陽鞠はもう数時間前に眠ってしまった。今日は引っ越しだけでも大変だったのに、新しい家や、外の風景、美味しいごちそうなどにたくさんはしゃいだ。お昼寝をしていても、くたびれただろう。

「お待たせ、怜。片付け、終わったよ」

後ろからスリッパの音がして、同時に陽希の声がかかる。

怜は窓の外から視線を離して、振り向いた。怜と同じように、部屋着と、部屋用上着だけになった陽希が近付いてくる。

「ありがとう。任せちゃってごめんね」

ちょっとだけ申し訳なくなった。陽鞠を寝かしつけて、お風呂も終えたあと、二人でお茶を飲んだが、その片付けはすべて陽希がしてくれたのだ。

陽希が進んで「料理を全部してもらったんだから、片付けくらいさせてくれ」と言い、怜をさっさとリビングに向かわせた形だ。

「雪だな」

怜の一歩後ろまで来た陽希が言った言葉は端的だったけれど、怜はすぐに意図を察した。陽希を見つめ、ちょっと悪戯っぽく言う。

「うん。明日、大丈夫かな」

この返し方で、懐かしい会話は成立した。陽希がふわっと微笑む。

「大丈夫さ。夜のうちにはやむよ」

あの雪の日と同じような声音で、陽希が返す。

やがて二人は見つめ合ったまま、ふっと笑みを交わしていた。

「怜」

陽希の腕が伸ばされる。怜の肩あたりに回された腕で、後ろから抱き込まれた。

とてもあたたかい。

怜はゆっくり力を抜く。陽希の胸に、軽く背中を預けた。

あのときから二年近くが経った。過ごす場所も変わった。

だけど一番大切なものは、変わらない。怜をしっかり包んでくれるひとは、今度こそ、ずっとそばにいてくれる。

「あの雪の日にしたトランプは楽しかったな」

怜をきゅっと抱きしめて、陽希が懐かしそうに言った。

「うん。またしようか？」

だから怜はちょっとふざけてみる。

手を持ち上げ、陽希の腕の上に乗せた。腕はしっかり太くて、力強い。

「ああ。陽鞠が大きくなったら、家族三人でも、しようじゃないか」

「まだ、あと数年かからない？」

陽希も怜の口調に合わせて言うので、怜は混ぜ返すように答えた。

カードゲーム。家族で、一緒に。

あのとき自分は『実家で両親とお姉ちゃんと一緒に遊んだ』と話した。

もうなくしてしまったと思ったのに、家族で団欒《だんらん》という時間が、今、再び叶おうとしている。なんて素敵なことだろうか。

「怜をまたこうして抱きしめられるなんて、夢みたいだよ」

怜のやわらかな髪の上に頬を預けながら、陽希が噛みしめるように言った。少し甘えるようでもあるその仕草に、怜はまた笑みをこぼしてしまう。

「失くしてしまって、とても悔やんだと同時に、……寂しかった」

その体勢で言われて、怜の胸が、どきんと高鳴った。

自分の存在を、これほど大きく捉えてくれる。いないと寂しいと思ってくれる。

陽希の強い想いが、怜の胸に、じわりと染み入ってきた。

「……うん。私も、とても寂しかった」

あのときの感情も思い出す。

何度も泣いた。振り返らないと決めても、辛さは消えなかった。

しかしもう、寂しいなんて思う必要はない。すべてが良いところへ収まり、本当の意味で結ばれて、未来もはっきり見えているのだから。

「怜」

再び、陽希が怜を呼んだ。怜の髪から頬を離して、顔を引く。腕の力も緩んだ。

不意に離されて、怜は不思議に思う。振り返り、少し上のほうを見た。

もちろん陽希の顔が目に映った。やわらかな視線をしたその瞳と視線が合って、怜の胸は、簡単に高鳴った。

夫婦になった。これからずっと一緒にいる約束もした。

関係は恋人同士だった頃より、穏やかになったといえる。

だけどこうして見つめ合えば、胸が心地良く高鳴り、情熱が湧いてくる。

それはこの先も変わらない。そして自分にそういう熱を起こすのは、陽希だけだ。

陽希の手が再び持ち上がる。今度は肩のあたりではなく、怜の頬へ触れてきた。

大きな手が、頬をすっぽり包む。手の体温を、怜は自分の肌で直接感じた。

それだけでもう、言葉はいらなかった。陽希が軽くうつむくようにして顔を寄せ、
怜は自然とまぶたを閉じていた。

触れ合ったくちびるは、頬を包む手と同じ、優しい体温を孕《はら》んでいた。怜のくちびるとしっとり合わさり、やわらかな感触が重なり合う。

再会してキスをするのは、まだ数回目だ。怜の鼓動は痛いくらいに速くなる。くちびるを合わせている間、時間が止まったように感じた。いる場所さえ、あやふやになったくらいだ。それほど怜の中は、陽希の存在でいっぱいになった。

やがてキスは、ついばむようなものに変わる。表面だけを短く合わせ、角度を変えて、刺激を与えるようなキス。

怜の胸は、ドキドキするだけでなく、きゅうっと締め付けられるのに似た感覚が混ざってきた。このあとどうなるかは、このキスだけで伝わってくる。

「……そろそろ寝ようか？」

くちびるを離して、それでも吐息がかかる距離で陽希が言ったのは、一体どのくらい経ってからだろうか。キスを交わしていた時間は、永遠だったようにも感じられた。

「そうだね」

惜しい気持ちを覚えながら、怜も頷く。だけど陽希が言ったのは、言葉通りの意味ではなかった。

「新居で初めての夜なんだ。……今夜は、一緒に」

もう少し顔を引き、怜の瞳をしっかり見つめられる距離で、陽希が静かに言った。

怜の胸が、とくんと高鳴る。

先ほど自分が想像した通りになるのだ。もちろん『眠る』という意味ではない。

「……うん。幸せな気持ち、もっとたくさん感じたい」

短く答える。花がほころぶような笑みになった。

冬の冷え込む夜。外では雪が降る。

初めて結ばれた、あの夜を思い起こされるようなシチュエーションだった。

ただ、まったく違うことがある。

今夜、寄り添って過ごすのは、寒いからではないという点だ。

愛を確かめ合い、さらにその愛を深めようという気持ちだ。きっと怜だけでなく、陽希も同じ想いで言ってくれた。怜の笑みが移ったように、陽希も笑む。

「ああ。幸せも、俺のことも、もっと求めてくれ」

ほころんだ花のつぼみが、美しく開くような表情で、陽希が言った。

優しく、穏やかなのに、その瞳の奥には熱いものが灯っている。陽希からも、怜を求める気持ちだ。その瞳で見つめられるのに、溢れそうな喜びを感じた。

今度、交わされたキスはもっと深いものになった。

うっすら開いたくちびるの中、舌が触れ合う、深いキス。触れたところから蕩《とろ》けてしまいそうだ、と、怜はしっかり陽希の胸元を握りしめながら思った。

やがてキスは解かれて、陽希がついっと手を伸ばした。音が立たないよう、静かにカーテンを引く。

次に、その手は怜の腰に移った。そっと持ち上げ、お姫様抱っこをしてくれる。

少し戸惑ったけれど、腕は陽希の肩に回してみた。怜からも、きゅっとしがみつくような体勢になる。ぬくもりがもっとしっかり感じられた。

その夜は、雪の降る夜とは思えないほどあたたかかった。

陽希と触れ合って、分け合う熱は、ときに熱く感じるほど、怜の心と体を満たしていった。

陽希の手は、慈しむようにやわく触れたかと思えば、怜を翻弄してしまうほど力強くもあった。

それでも優しい体温は変わらない。陽希のぬくもりは、自分を一番安心させてくれるものだ、と怜は思った。

どのくらいひとつに溶け合っていたのか、やはり時間は定かではない。気が付いたときには、体温がすっかり移ったシーツの上でまどろんでいた。

まどろみの横には陽希が寄り添っていて、怜の体をしっかりくるんでいる。

うっすら目を開けてそれを知り、怜の目元は緩んでいた。

だって知っている。

今夜の雪がやんでも、離れ離れになることはない。

心と体のすべてからそう感じて、怜は体を満たす幸福に、再びそっと目を閉じた。


冬という季節の中でも、今年はほとんど寒さを感じなかった。

玄関のディスプレイを整えながら、怜はふと、思いついた。少しだけ玄関ドアを開けて、外の空気を感じたからだろう。

あれから寒さはさらに深まり、現在、二月。ここを越せば春だが、冷える日々はもう少し続く頃だ。

それなのに、今回の冬は、あたたかかった。

引っ越したこの家と、結賀家で、暖房がよく効く室内にいる日が多いのはある。

でも物理的な室温よりも、怜をあたたかくしているのは、共に過ごすひとたちだ。

夫婦として、両親として、共に暮らす陽希。

なにより愛している娘の陽鞠。

外に住んでいるが、姉の瑛一家、茉希、以前からの友達も……。

みんな、怜にあたたかな気持ちをくれた。そのために、今がこうしてある。

(寒い中だからこそ、強く感じるのかもしれないな)

そう思い、怜は軽く笑みをこぼした。春になっても、夏になっても、忘れないようにしよう、と噛みしめる。

玄関も綺麗に飾り終えて、リビングに向かう。そろそろ時間だ。

今日は家を特別、綺麗に飾っていた。だって今日は、素敵な日だから。

「ディスプレイ、全部できたよ」

ドアを開けて、中に入る。声をかけると陽希が振り向いてきた。

「ありがとう。こっちも、あとお茶を淹れたら完成だ」

ソファに座った陽鞠に構っていた陽希が、怜ににこっと笑う。

「陽鞠、お客さんがたくさん来るぞ。楽しみだなぁ」

今度は陽鞠に視線を戻し、髪をそっと撫でてやりながら、話しかけた。陽希のその眼差しは、娘がなにより愛おしいと、はっきり示している。

そこでピンポーン、とインターホンが鳴った。最初のお客さんが来たようだ。

「いらっしゃい!」

陽希がオートロックのモニター越しに言い、ロックを解除する。数分で上がってきたのは茉希だった。

「こんにちは！　今日はお招き、ありがとうございます！」

ファー付きの白いコートに、ピンク色のマフラーを巻いた茉希が、玄関で明るい笑顔を見せた。大きな紙袋を提げている。

「こちらこそ、お越しくださりありがとうございます」

玄関に出た怜も、自然と笑みになった。茉希のコートとマフラーを預かって、ハンガーにかける。その間に茉希は奥へ進んでいった。

「こんにちは！　お兄ちゃん！　ひまちゃん！」

茉希の明るい挨拶がリビングから聞こえてきた。怜が続いて入ると、茉希はすでにソファのそばで、陽鞠の頭を撫でていた。

「まー！　ちゃ！」

陽鞠も茉希のことをつたない声で呼び、笑う。茉希が感動したのは言うまでもない。

「かわいー！　すっかり大きくなっちゃって！」

陽鞠をぎゅっと抱きしめる。茉希の腕の中で、陽鞠ははしゃぎ出した。

「茉希もお姉ちゃんみたいになったなぁ」

その茉希をからかうように、陽希が軽く肩をつつく。陽希と茉希は二人きょうだいだから、茉希は今まで『下の子』だったのだ。

「それを言うなら、お兄ちゃんだって、すっかりパパじゃない」

膨れと苦笑、その中に感心した響きもある声音で茉希が答える。陽希は今度、心からという様子の笑顔になった。

「そうか？　それは光栄だな」

その顔で言うので、茉希も穏やかに続ける。

「……うん。本当に素敵」

噛みしめるように言ってくれたのは、ずっと陽希と怜、それに陽鞠を見守ってくれた茉希だからこそ。今の怜一家があるのは、茉希のおかげだ。

「茉希さん、陽鞠の隣へどうぞ」

胸を熱くしながら、怜は席を勧めた。茉希は素直に喜び、陽鞠の隣に腰を下ろす。

そこへ再びインターホンが鳴った。怜が迎えに出ると、来たのは瑛と光だ。

「お邪魔します」

「れーちゃん！　こんにちはぁ」

綺麗な紙袋を提げた瑛と、青の綿入りのダウンジャケットを身に着けた光が挨拶してくる。

「こんにちは、光くん。お姉ちゃんも、いらっしゃい」

しゃがんで光の頭を撫でる。二人は靴を脱いで上がり、瑛が光に「上着を脱ごうね」と促した。家には、次々にお客がやってくる。最後に来たのは、美桜だ。

「こんにちは。素敵なおうちだね」

美桜が怜の家に来るのは初めて。玄関のディスプレイ、冬景色をイメージして飾ったドライフラワーやミニ絵画を見て、褒めてくれた。

「ありがとう。それにお休みなのに、わざわざ来てくれて……」

焦げ茶のダッフルコートを受け取り、ハンガーにかけながら、怜はお礼を言った。

「ううん、お招きいただいて嬉しいよ。怜とも毎日会えなくなって、寂しかったし」

しばらく会わないうちに、美桜は少し髪が伸びたようだ。ミディアムになりそうな長さになった髪に、小さなコサージュが飾られている。

「そうだね。会社はどう……って、あとでゆっくり聞かせてよ」

「もちろん！　怜の話も聞きたいしさ」

明るい声で話しながら、怜は「こっち」と奥へ案内する。

会社では育休をもらっていたが、結婚が決まったとき、正式に辞めていた。その際は申し訳なくなったものだ。楽しく働いて、お世話になった場所だから。

「今日は皆様、お集まりいただいてありがとうございます」

お客も揃って、陽希が淹れたお茶も並んだ。リビングでテーブルを囲むようにソファやクッションに座ったひとたちに向かい、陽希が丁寧に挨拶する。

「もう去年のことになりますが、怜と正式に婚約を結びました」

陽希が改めて発表し、大きな拍手が上がった。怜ははにかんでしまう。

「怜と俺がこうして夫婦となり、陽鞠の両親になれたのは、皆様のお力添えあってのことです。心より感謝を申し上げます」

陽希の言葉は穏やかながら、情熱がこもっていた。きっと全員に伝わっただろう。

「ありがとうございます」

怜も同じ気持ちで一礼する。本当に、いろいろな形でたくさんお世話になった。

「心ばかりですが、お茶や食事などをご用意しました。お楽しみいただけましたら幸いです」

陽希がその言葉で挨拶を締めた。まるでパーティーのようだが、それに近くはある。結賀家の結納はだいぶ格式高いものだったから、身内だけで今回の会を開いたのだ。

「この紅茶、良い香りね」

お茶会が始まり、ティーカップを手にした瑛が、まず褒めてくれた。中身は熱々の紅茶だ。それには茉希が反応する。

「あ、そちらは私が贈った紅茶なんです！」

その通り、今日の紅茶は、少し前に茉希が差し入れてくれた茶葉だ。海外の有名ブランドのお茶である。特別な日だから、陽希が丁寧に淹れてくれた。

「そうなんですね。えっと、すみません。陽希さんの妹さん、でしたっけ」

茉希と瑛は初めて顔を合わせるのだ。そこから会話が始まった。

「はい！　申し遅れました。結賀 茉希です」

「いえ、こちらこそ。怜の姉の相田 瑛です。こちらは息子の光です」

瑛と茉希が名乗り合い、紹介された光も元気に「光です！」と挨拶していた。

「瑛さんや怜さんにそっくりで、かわいいですね！　何歳かな？」

茉希がにこにこ聞いたことに、光は嬉しそうに手を出した。

「五歳だよ！」

右手を開き、左手は人差し指を立て、答える。堂々とした仕草が微笑ましかった。

「小柳津さん、お久しぶりです」

近くでは陽希が美桜に挨拶していた。美桜は怜の同僚。つまり陽希とも元・同僚だ。

「お久しぶりです。結賀くんが急に『ネクティ』を辞めちゃって、驚いたと思ったらまさかこんなことになるなんて……」

「はは……いろいろと驚かせまして、すみません」

軽い調子で言った美桜に、陽希は陽鞠を膝に抱っこしたまま、気まずそうに頭へ手をやる。

「でもこうして怜と幸せになれてなによりだよ。今は本社にいるの？」

笑みでそれを制した美桜が質問した。陽希は安堵したように答える。

「ええ。本社の営業部で……」

陽希が本社を経営する結賀コーポレーションの御曹司と聞いたとき、美桜はもちろん驚いていた。でも今は『ネクティ』で接していたような話し方に戻っている。陽希にとっては、変に一線を引かれるより嬉しい態度だろう。

あちこちで会話に花が咲く。怜はその様子を穏やかに見つめた。

大切なひとたちが、こうして集まって、楽しい時間を過ごしている。

こんな時間を迎えられるなんて、なによりの幸せだ。

「ああ、怜、結賀くん。心ばかりだけど、これ、お祝いに……」

陽希との会話がそちらへ流れたらしい。美桜はかたわらに置いてあった紙袋を取り上げ、怜に差し出してきた。怜の心が、ぱっと明るくなる。

「お気遣いありがとう！　開けてもいいかな？」

断ってから、紙袋の口を開ける。中から出てきたのは、透明なプラケースに入ったぬいぐるみと花だった。

「とってもかわいい！」

怜は、ついはしゃいだ声になってしまった。ぬいぐるみはベージュのクマだ。二匹が寄り添うようなポーズで座っている。

「お花はね、石鹸でできてるの。結構長く飾れるはずだよ」

怜の反応を見て、美桜はちょっと自慢げになった。

「石鹸で!?　そんなのがあるんだ」

初めて知るものなので、怜は驚いた。生花にしか見えないほど、綺麗なのだ。

「お祝い、私もあるのよ。出していい？」

そこへ瑛が近付いてきた。取り出す前に、美桜の贈り物を見て、「素敵！」と顔を輝かせる。

瑛の贈り物は、陽鞠の服だった。ほかに、これから役立ちそうな小物もある。

「かわいいね！　さすがお姉ちゃん。サイズもぴったりそうだよ」

ピンク色で、ドット柄の入った服だ。お出掛けにも良さそうである。

「ぼくが選んだのっ！」

隣にやってきた光が主張する。誇らしそうな様子に、その場には笑みが溢れた。

「ありがとう、光くん。陽鞠、見てごらん」

光の頭を軽く撫で、怜は陽鞠のほうを振り向いた。

陽鞠が声をかけられたのに反応し、こちらへよちよちと近付いてくる。茉希と話していた陽希が、自分の隣から離れられて、急に寂しそうな様子になった。

「あっ……」

小さく声まで出すので、茉希がくすっと笑う。

「なぁに、お兄ちゃん。ひまちゃんを取られたからって」

からかうような声で、さっきのお返しとばかりに、つんと陽希を小突いた。

「う、うるさいな。パパなんだから当然だろ」

でも言葉は言い訳めいていたし、少し拗ねた態度だったので、その場には、軽い笑い声が溢れてしまう。陽希はもっと気まずそうになった。

「はるきくん、ひまちゃんが大好きだもんねぇ！」

おまけに光がそう言うので、陽希が苦笑になっても仕方がない。

「そうだな。大好きな娘だからな」

でも照れ笑いをしつつも、陽希はきっぱり言った。怜の胸が、ほっこりあたたまる。

離れられるのが寂しいと思うほど、陽鞠を愛してくれる『パパ』なのだ。

そんなやり取りのあと、陽鞠に服を当ててみると、やはりぴったりだった。陽鞠ももう、『これは好き』がわかるのだ。笑顔ではしゃぎ出した。

「怜さん、お兄ちゃん。これは私から」

最後に贈り物をくれたのは茉希だ。紙袋からは、オレンジの果実と、花や葉があしらわれた、上品な箱が出てくる。橙色のリボンがかかっていた。

「綺麗……！」

蓋をそっと取って、怜は感嘆の息をついてしまう。

中に入っていたのはペアのティーカップだった。箱と同じ、白地にオレンジの果実と花が描かれている。

「オレンジの花はね、ヨーロッパの結婚式でよく使われるんですって。花嫁さんがブーケで持ったりするんですよ」

優しい笑みで、茉希が説明する。

結婚式で使われる意味なんてひとつだ。この先の幸せを願ってくれたのだと悟って、怜の胸が、じわっと熱くなる。

「以前、私にパンケーキを振る舞ってくれたでしょう。ああいう甘くて美味しいものを、共に味わえるような夫婦でいてください」

ちょっとはにかみながらも、お祝いの言葉をくれた茉希。あまりに嬉しい言葉が染み入って、怜の熱くなった胸からは、涙が湧きそうになってしまう。

「ありがとうございます……！」

じわっとわずかに滲んでしまったそれを、そっと拭う。近くへやってきた陽希が、怜の肩を抱いた。

「ありがとう、茉希。茉希の気持ちに背かないよう、これからも怜を大切にする」

茉希と怜、二人に対して、陽希が喜びと決意を口に出す。

大切なひとたちからの贈り物は、どれも嬉しかった。怜と陽希、それから陽鞠を想って選んでくれたものだ。

一生大切にしよう、と怜は決意した。みんなにもらった優しさを、ずっと胸に置いておけるように。

そのあとは陽希と怜、二人が作った料理で食事会になった。張り切って手の込んだ料理を作ったし、みんな、美味しいと褒めてくれた。

食後にはビンゴゲームをして、楽しい時間が繰り広げられる。

ほかにも、美桜が持ち寄った会社で過ごしていたときの写真を見たり、陽希は陽鞠の成長映像を流したりした。

瑛は怜との子ども時代のアルバムを持ってきた。照れつつも、どれも楽しく見た怜だった。

お茶の時間には、これまたお手製のパンケーキを出した。生クリームやフルーツで飾った、大きなパンケーキを切り分けて食べる。みんな喜んでくれたものだ。

陽鞠にも子ども用のケーキを作ったので、一緒に食べる。

陽希はここぞとばかりに陽鞠が食べるのを手伝っていた。パパとして、娘と共にいられるのがなにより嬉しい、と伝わってくる。

「ぱーぱ！　あー！」

それに陽鞠ときたら、陽希を喜ばせるように、スプーンのケーキを差し出す。

陽鞠の愛らしさと、照れながら食べた陽希の様子に、怜はもちろん、その場のみんなが幸せの笑みをこぼしていた。

第十章　笑顔の未来を

それから数週間後、ある予定があった。怜にとって大切な用事だ。

当日は、うららかないい陽気だった。三月も半ばを過ぎて、気温はぐんぐん上がっている。

（まるで、見守ってもらえてるみたいだな）

朝起きて、バルコニーから天気を見たとき、怜はそう感じた。目を細めて、懐かしいものを見るような眼差しになる。

日曜日で、陽希も仕事が休みだ。今日は三人で、特別な場所へ向かうのだ。

「じゃあ、行くよ」

車に乗り、陽鞠もチャイルドシートに座らせた。用意ができて、陽希が宣言する。

「うん。大丈夫」

助手席に乗った怜も答える。それで車は発進した。

「ナビによるとこっちだな」

陽希は初めて行く場所だ。住所をカーナビに入力していた。ナビが案内を読み上げるのを聞きながら、車はスムーズに走っていく。

「もっと早く行くべきだったかな」

走行中、陽希がちょっと申し訳なさそうに言った。でも怜は首を振る。

「ううん。いいタイミングだったと思う」

家族三人で過ごせるようになって、暮らしも少し落ち着いた。

それに自分は時々、その場所を訪ねていたのだ。だから遅すぎることはないだろう。

走っていたのは三十分ほどだった。陽希の車は細い路地に入り、怜の案内で進んでいく。辿り着いたのは、怜にとって大切なひとたちが眠る場所だった。


「久しぶり、お父さん、お母さん」

菊の花を手にした怜は、その場所で静かに挨拶をした。隣では陽希が陽鞠を抱いて立っている。同じように、小さく頭を下げた。

ここは怜の両親が眠る、集合墓地だ。墓石には小杉家の名字が刻んである。

「まずお掃除だね」

陽希が陽鞠を見てくれている間、怜はお寺から借りた道具で、軽く清掃をする。

周りを掃いて、ゴミがないかチェックして、墓石にも水をゆっくりかけて……。

そのあとに菊を供えた。小さな瓶に水を注ぎ、花束を挿す。

持ってきた線香に火を灯し、立てる。すぅっと、細い煙が上がった。

支度も整って、怜は墓石の前に膝をついた。静かに手を合わせる。目も閉じた。

(お父さん、お母さん。今まで見守ってくれてありがとう)

心の中で、今は亡き両親に向かって言う。亡くなってしまうまで育ててくれた感謝と、そのあとも空から見守ってくれた感謝の両方だ。

(辛いこともたくさんあったけれど、幸せを見つけられました)

頭の中に、両親の顔が浮かんだ。二人は笑顔を浮かべている。

亡くしたとき、そのままの年齢だ。あれから十年近くも経とうとしていて、本当ならもっと歳を重ねていたはず。それには少し心が痛む。

(このひとと娘とこの先を歩んでいきます。だから心配しないで、静かに眠ってね)

話が終わったあとも、怜はしばらく目を閉じて、二人のことを思い出していた。

数分が経った。やがて目を開けて、合わせていた手も解く。

「俺も挨拶していいかな」

声をかけられて、怜が顔を上げると、陽希が隣に膝をつくところだった。

そう言ってもらえる嬉しさに、怜の目元が緩む。

「もちろん。ありがとう」

答えて、陽鞠を抱き取った。今度は陽希が墓石の正面へやってきて、怜がしたのと同じように、手を合わせて、目を閉じた。

陽希の挨拶も、言葉にはならなかった。心の中で話しているのだろう。自分の両親、今はきっと誓いと感謝だろうな、と怜は陽鞠を抱きながら推察した。

いなくても大切なひとに、こうして挨拶してもらえて、大きな幸せを覚えた。

両親に対しては、結婚式でも手紙を読み上げる予定だけど、この場所でも挨拶したかったのだ。

「ありがとう」

陽希もやがて顔を上げて、短く言った。怜を振り向き、微笑する。

「陽鞠、ここにおじいちゃんとおばあちゃんがいるんだよ」

最後に、怜は抱っこした陽鞠に説明した。命日などに訪ねてきたことはあっても、まだ意味を理解してはいないだろう。

「んー？　んっ」

その通り、陽鞠は不思議そうにしていたが、なにか言いたげだった。言葉にならなくても、感じるものがあったのかもしれない。

今はそれでもいい。陽鞠がもう少し成長したら、また来よう。区切りのときには、必ず来よう。そうすれば、両親も安心してくれるだろうから。

「帰ろうか？」

しばらく黙ってその場にたたずんでいたけれど、やがて陽希が言った。

怜がそちらを見上げると、やわらかな目元になった陽希は続ける。

「俺たちの家へ」

共に暮らす居場所へ。そして、帰る場所へ。

「うん。帰ろう」

怜も頷く。陽鞠を抱き直した。場所を片付け、その場を去る。

挨拶をしたことで、怜は改めて実感した。

今、いるこの居場所はなくなったりしない。たとえ、住む場所が変わったとしてもなくならない。

怜の帰る場所……陽希と陽鞠。

二人がいるから、もう冷たい雨の中で泣くことなんて、二度とないだろう。

季節が進むと同時に、結婚式の話が具体的になってきた。

式まであと半年ほどだ。招待状はすでに出したし、ドレスも候補を絞りつつある。

会場は結賀家の指定だった。一度、見学に行って、広さに驚いてしまったものだ。

豪華な内装で、いかにも格式ある家の結婚式場といった雰囲気だった。

それに式の進行も、ほとんど結賀家が決めることになっている。

ただ、怜に不満はなかった。それが結賀家にお嫁入りするということだ。

規模の大きさには緊張しそうだと思うが、若奥様としての教育も進んだ今では、なんとかなるでしょう、と思えている。

ちなみに、式はまだだが、その前に『あること』を提案されていた。

これもまた、結賀家にお嫁入りするひとつのプロセスである事柄だ。

それはよく晴れた日の午後だった。家で昼食を摂ったあとに、怜たち三人は結賀家へ向かった。

「いらっしゃい。待っていたわ」

怜と陽鞠が玄関から入り、奥へ進むと、茉結子が出てきた。奥様なのだから、部屋でゆったり待っていてもいいのに、優しいことだ。

「ありがとうございます。わざわざお出迎えいただきまして……」

怜も丁寧に答え、挨拶が交わされた。茉結子は今日も、小紋の着物をしとやかに着こなしている。

「ばー！　ばー、ばぁ！」

そこへ陽鞠が手を伸ばした。自分も挨拶したい、と言うような仕草だ。

もう茉結子のこともちゃんと覚え、「ばぁば」と呼ぶようになっている。

『ばぁば』に会えるのも、言葉を口にできるのも嬉しいのだろう。

「陽鞠ちゃん、いらっしゃい。元気そうね」

かわいらしく呼ばれて、茉結子も眉を下げ、もっと優しい笑みになった。

愛おしいものを見たときの表情は、本当に陽希によく似ている、と怜は感じる。

「お待たせ」

そこへ陽希がやってきた。例によって、車を置いてきたのだ。わざわざ先に、怜と陽鞠をエントランス前で降ろしてくれたから。

「車、ありがとう。陽希くん」

お礼を言ったが、陽希は「いいや」と軽く答えた。合流したので、四人は奥へ向かって歩き出す。

通されたのは、ある一室。陽希と茉結子は別の部屋へ向かっていった。

「怜様。お着物はこちらでお間違いないでしょうか」

中では使用人の女性が何人か、待機していた。『怜様』などと呼ばれるのも、もうだいぶ慣れた。シンプルに「ええ」と答える。

「では、陽鞠様もこちらで。失礼いたします」

陽鞠専属のベビーシッターに声をかけられ、怜は陽鞠を彼女に預けた。もうシッターの女性にもすっかり懐いた陽鞠は、大人しく彼女に抱かれる。

そして怜のほうは、着物を着付けてもらう。ほとんどされるがままになった。

今日の着物は、サーモンピンクに花柄が入った、訪問着だ。帯はシックな焦げ茶で、全体を引き締めるような色をしている。

式はまだ挙げていないが、もう籍を入れて、結婚した形になっている。

よって着物は若奥様らしく、振袖ではなく、訪問着。

十分程度でぱぱっと着付けられて、そのあとヘアメイクも施された。

完成した様子を姿見で見て、怜は、ほうっと息を吐き出してしまった。

とても美しく飾ってもらった自分が、そこに映っている。

着物の色味も柄も、髪と肌の色にしっくり合って、かつ、上品な印象だ。

髪は緩くアップにされて、まだ若さを感じさせるヘアスタイル。

メイクも着物の色と調和するような色の、アイシャドウとリップだ。ファンデーションも、肌に吸い付くかと思うほど馴染んでいた。

……とても美しかった。

準礼装の身支度をしてもらったことで、頭に浮かんだのは、もちろん結婚式だ。

素敵な式にしたいな、と思う。今日、このあと臨む事柄と同じように。

「陽鞠様もお支度が整いましたよ」

そこへ声がかかり、シッターが陽鞠を連れてきた。怜の心は、ぱっと明るくなる。

「かわいいねぇ！　お姫様みたい」

陽鞠はピンクを基調とした、ボリュームあるスカートの幼児用ドレスを着せられていた。髪飾りも着けてもらっている。

「おー、ひ？」

陽鞠はだいぶ戸惑ったようだ。こんなドレスは初めてなのだから。

だけど怜の腕に移れば、すぐ笑顔になる。かわいい服だ、と実感したのだろう。

陽鞠の嬉しそうな様子は、陽希と合流したあとに、もっと強くなるのだった。

「怜、陽鞠、とても綺麗だよ」

撮影の部屋で、改めて顔を合わせる。陽希は二人を見て目を見張ったのち、その視線を緩め、噛みしめるように言った。

「ありがとう。陽希くんも、とっても素敵」

怜からも陽希を褒める。胸が一気に高鳴ってきた。

陽希は黒を基調とした、セミフォーマルのスーツ姿。ジャケットの内側にはグレーのベストを合わせ、紅色のネクタイを締めている。ジャケットもスラックスも体にぴったりサイズのタイトな作りで、長身の陽希によく似合っていた。

(本当に、これから結婚式みたい)

高鳴りと期待、喜びが、胸の内にふわりと溢れ、怜の体を満たした。

「さ、皆様。こちらへ」

使用人が部屋の奥、撮影セットへ誘導する。三人はそれについていき、やがてカメラの正面にやってきた。

陽希が陽鞠を抱っこし、怜はかたわらに寄り添うポージングになる。

カメラマンの後ろでは、茉結子が見守っていた。微笑でこちらを見つめている。

「う？　ぱーぱ？　なー？」

陽鞠は初めて経験する状況に戸惑ったようだ。陽希を見上げ、少し不安そうだ。

『パパ、なにするの？』

そう言いたげな顔と言い方に、陽希は逆の手を持ち上げ、陽鞠の髪を撫でた。

「お写真だよ。とっても素敵なんだ」

今まで『写真』は撮っていても、普段使うのはスマホなのだ。スタジオで、こんな大きな写真機で撮ったことはない。

でも後半の『素敵』という言葉は知っている。『良いこと』とも認識しているのだ。それを聞けて、安心したらしい。陽鞠は不安げな仕草を引っ込めた。笑顔になりそうな様子になる。

「あ、今、ちょうど良さそうだね」

機嫌が良くなった今だ、と悟って、怜は急いで自分もポーズに戻る。

せっかく、家族初めての集合写真なのだ。陽鞠も笑顔で写ってほしい。

「はい！　ご準備よろしいですか！」

カメラマンが手を上げる。いよいよ撮影だ。

「怜、陽鞠」

すっと、陽希の片腕が怜の腰に回った。軽く抱いてくれる。

「これからも、ずっと一緒だ」

短く言われた。そして、その短い言葉の中に、すべてが詰まっていた。

これからの人生を三人で、共に。

その決意と、誓いだ。

「うん」

だから怜の返事も一言で足りた。だけど陽鞠は少し違っていた。

「んー！　っしょ！」

まるで『一緒！』と言いたげだった言葉は、満面の笑みから出てきた。

きっと陽希の言葉に同意し、喜びを覚えたからこその言葉と笑みだ。

「いいですね！　撮りますよ！」

カメラマンが数字をカウントし、パシャパシャとシャッターが切られた。

写真の中に写る三人は、笑顔だった。
これから待っている未来を示唆しているような笑みの写真は、それからずっと、何年も、何年も飾られることになる。

（完）

あとがき

この度はお手に取ってくださり、ありがとうございます。白妙《しろたえ》スイと申します。マーマレード文庫様からは二冊目となる本を出させていただきました。本当に嬉しいです。心新たに、気合いを入れて書きました。

今回は、なにもかも失くしたヒロインと、御曹司のお話でした。

ヒロインの怜にとっては大変なスタートでしたね。持ち前の真面目さと優しさで頑張る姿を、私としても応援しながら書きました。

御曹司の陽希は、中盤までは正体を隠していますが、その事情も含めてとても優しいひとです。彼が怜との交流や交際を通して、一本、芯が通った強さを身に着けていく様子を、それこそ陽義や茉結子のような視点で見守ってしまいました。

本作では、怜が娘・陽鞠を授かります。本当の意味で怜と心が通じ合ったあとは、陽希も溺愛パパになり、娘大好きになった様子を、私も微笑ましく思いました。

ほか、瑛や光、茉希や美桜といったサブキャラクターも、全員お気に入りだったりします。特に光については、ご担当者様から「ほっこりしました」とコメントをいただいて、とても嬉しかったです！　楽しいシーンはもちろん、少し不穏なシーンも、光の明るさがみんなを照らしてくれたようでした。

花綵《かさい》　いおり先生による素敵な表紙イラストも、あたたかい雰囲気で、三人の掴んだ絆や幸せを深く感じて嬉しくなりました。本当にありがとうございました！

　そして小説は、読んでくださった読者様あってのものだと思っております。少しでもお楽しみいただければ、これほど嬉しいことはございません。最後まで読んでくださり、ありがとうございました。

　まだまだ作家として未熟な私ですが、これからも読者様が楽しめるお話を書いていけたらいいなと思っております。小説を書いている時間が、私も一番楽しいです。

　最後になりましたが、ずっとご尽力いただきましたご担当者様や、編集部の皆様、ほか出版に携わってくださったすべての方へ、厚く御礼申し上げます。

白妙　スイ

原・稿・大・募・集

マーマレード文庫では
大人の女性のための恋愛小説を募集しております。
優秀な作品は当社より文庫として刊行いたします。
また、将来性のある方には編集者が担当につき、個別に指導いたします。

募集作品
男女の恋愛が描かれたオリジナルロマンス小説(二次創作は不可)。
商業未発表であれば、同人誌・Web上で発表済みの作品でも
応募可能です。

応募資格
年齢性別プロアマ問いません。

応募要項
・A4判の用紙に、8~12万字程度。
・用紙の1枚目に以下の項目を記入してください。
①作品名(ふりがな)/②作家名(ふりがな)/③本名(ふりがな)
④年齢職業/⑤連絡先(郵便番号・住所・電話番号)/⑥メールアドレス/⑦略歴(他紙応募歴等)/⑧サイトURL(なければ省略)
・用紙の2枚目に800字程度のあらすじを付けてください。
・プリントアウトした作品原稿には必ず通し番号を入れ、
右上をクリップなどで綴じてください。
・商業誌経験のある方は見本誌をお送りいただけると幸いです。

注意事項
・お送りいただいた原稿は返却いたしません。あらかじめご了承ください。
・必ず印刷されたものをお送りください。
CD-Rなどのデータのみの応募はお断りいたします。
・採用された方のみ担当者よりご連絡いたします。選考経過・審査結果についてのお問い合わせには応じられませんのでご了承ください。

m a r m a l a d e b u n k o

応募先
〒100-0004 東京都千代田区大手町1-5-1 大手町ファーストスクエア イーストタワー19階
株式会社ハーパーコリンズ・ジャパン「マーマレード文庫作品募集」係

ご質問はこちらまで E-Mail / marmalade_label@harpercollins.co.jp

ファンレターの宛先

マーマレード文庫をお買い上げいただきありがとうございます。
この作品を読んでのご意見・ご感想をお聞かせください。

宛先 〒100-0004 東京都千代田区大手町1-5-1 大手町ファーストスクエア
イーストタワー 19 階
株式会社ハーパーコリンズ・ジャパン マーマレード文庫編集部
白妙スイ先生

マーマレード文庫特製壁紙プレゼント!

読者アンケートにお答えいただいた方全員に、表紙イラストの
特製 PC 用・スマートフォン用壁紙をプレゼントします。

詳細はマーマレード文庫サイトをご覧ください!!
公式サイト
@marmaladebunko

SNSもチェック!

マーマレード文庫

年下のエリート御曹司に拾われたら、極上一途な溺愛で赤ちゃんを授かりました

2024年4月15日　第1刷発行　定価はカバーに表示してあります

著者　白妙スイ　©SUI SHIROTAE 2024
編集　株式会社エースクリエイター
発行人　鈴木幸辰
発行所　株式会社ハーパーコリンズ・ジャパン
東京都千代田区大手町1-5-1
電話　04-2951-2000（注文）
0570-008091（読者サービス係）
印刷・製本　中央精版印刷株式会社

Printed in Japan ©K.K. HarperCollins Japan 2024
ISBN-978-4-596-77588-7